AF399109

TORCE NELLA NOTTE

VIRGILIA D'ANDREA

© 2023 Culturea Editions

Texte et illustration de couverture : © domaine public
Edition : Culturea (Hérault, 34)
Contact : infos@culturea.fr
Retrouvez notre catalogue sur http://culturea.fr
Imprimé en Allemagne par Books on Demand
Design typographique : Derek Murphy
Layout : Reedsy (https://reedsy.com/)

Dépôt légal : janvier 2023
Tous droits réservés pour tous pays

ISBN : 9791041843350

Invece di una prefazione

L'autrice è contumace a molti appelli che le vengono dai compagni, ma più ancora dall'animo suo.

Appelli al lavoro; all'attività per la nostra Idea.

Ma i "mandati di cattura" del male non si eludono facilmente... e quest'allusione ad una avversa realtà è già di troppo.

Ore tristi sono passate su di noi.

Un altro dei nostri – il labbro non osa mormorarne il nome e la penna trema mentre lo scrive – il nostro indimenticabile Errico è scomparso a poca distanza del nostro valoroso Galleani,

Erano stati i primi, fra i giovani, nella lotta e sono stati gli ultimi fra i vecchi – ringiovaniti sempre dall'Idea – a lasciarci.

Ora ci martella questo amaro pensiero che si muta talora in singulto.

Quando torneremo laggiù a risventolare la nostra bandiera;

Nelle ore anelanti ed incerte della ripresa;

Nelle ore solenni della lotta;

Nelle ore rischiose della vittoria;

Fra le incognite del domani;

Fra le torturanti voci del dolore;

Quante volte noi ci diremo, con lo sguardo carico di memorie:

Oh, se essi fossero qui!

* * *

L'autrice è in silenzio; ma nei rari intervalli di scarso sollievo ha lavorato a curare questa raccolta che le circostanze hanno imposto vedesse la luce proprio quando – allargandosi il terrorismo reazionario – appare più urgente che mai la necessità di Bruto liberatore.

La propaganda della rivolta e l'apologia dei rivoltosi non sostituisce l'azione; ma sappiamo che essa la propizia.

Vedremo ora se il paese dove per decenni tutto il dottrinarismo autoritario fu applicato ad avvilire lo spirito di rivolta, saprà dare – ora che Hitler lo insanguina e lo disonora – una sola delle figure eroiche ricordate ed esaltate in queste pagine.

Possa questo mio lavoro darmi l'illusione di colmare in parte la lacuna del mio penoso e forzato silenzio.

L'AUTRICE

Il direttore rispose appena al mio saluto e fece il viso buio delle circostanze gravi e serie. "Dunque, signorina, sono già quattro mesi che avete conseguito il diploma, ed ecco... le scuole si riaprono e vi ritrovo ancora in collegio".
Io lo guardai, ebbi un impercettibile moto di sdegno e mi strinsi lievemente nelle spalle. Non era colpa mia, pensai, se mi avevano dimenticata là dentro o se nessuno mi voleva. "Ancora qui ... e il vostro numero di matricola è già stato assegnato ad una nuova educanda. Eccezionale tipo di uomo quel vostro ... signor ... tutore. Pretende lasciarvi in collegio fino a quando non avrete compiuto i ventuno anni... Ma impossibile, capite? Impossibile. Il regolamento parla chiaro".
Io ero allora un carattere chiuso ed altero, incapace, davanti ad uno spirito arido o freddo, d'un qualsiasi gesto d'espansione. All'ostilità che già sentivo attorno a me rispondevo col silenzio d'un orgoglio irriducibile.
Nel mio animo v'era un tumulto; ma su quel tumulto le labbra restavano tenacemente chiuse.
Il direttore continuava a parlare ed io ebbi, ad un tratto, la diabolica tentazione di ridere davanti a quell'uomo che si ostinava a discutere ed a gesticolare con un assente. Ma poi un acuto senso di nausea chiuse per fortuna la bocca a quel folletto comico, che si affacciava, impertinente ed importuno, nel mio spirito.
Perchè tutte quelle parole? Perchè la volgarità di quell'ennesima discussione? Che mi aprisse alfine la porta. Avrei ben trovata da sola la via per andarmene nel mondo.
"E allora ho fatto io le veci del vostro tutore. Ho parlato con un deputato molto influente e voi siete a posto... e bene a posto. La settimana entrante partirete per la nuova destinazione".
Io restai a guardarlo quasi non avessi ben compreso le sue parole, e vidi in un lampo lo sdegno smisurato che tale decisione avrebbe acceso nel mio tutore e mi vidi soffocata, per mesi e mesi, sotto una valanga di lettere... "Dovevate restare, non dovevate cedere; il tutore sono io e non altri!"
Magnifica, divertente posizione la mia!
"E per ora", soggiunse egli, addolcendo la voce e posandomi una mano sulla testa, "sono tanto lieto, povera figliuola, di salutare io, per il primo, la maestrina di Vieri".
Quel "povera figliuola" mi fece una lacerazione nel cuore.
Il direttore era già uscito. Io mi avvicinai al pianoforte aperto e mi accasciai di botto sulla sua tastiera.
Le note strappate così tutte insieme ebbero un lamento di suoni discordanti e dolorosi.
E parve, quello, il trabocco dell'animo mio.
Quando, tutta fresca e sorridente nel semplice e grazioso abito grigio, entrai nella sala da studio le mie compagne mi accolsero con un festoso oh! di meraviglia.
Smesso per la prima volta l'abito da collegiale io dovevo apparire, di certo, del tutto trasformata. Tanto che qualcuna si lasciò sfuggire una piccola frase compiacente: "Sei davvero bella così!"
Suor Giulia suonò il campanello per intimare il silenzio. "Buona si dice, signorine, non bella. Certe parole, voi lo sapete, fanno male al ... signore iddio".

"Presto, presto, d'Andrea," interruppe la direttrice che si affannava ad aggiustare, attorno al suo bel viso aristocratico, il soggolo impeccabilmente inamidato.

"Presto, la carrozza è pronta. Abbracciate le vostre compagne".

E allora la commozione prese un poco tutte. Ognuna di quelle fanciulle mi dette un bacio affettuoso e mi fece scivolare nelle mani qualcosa.

Una medaglia, un'imagine, un merletto, un ricamo, un fiore, un ramoscello di edera.

"Buona fortuna, sorella". "Scrivi spesso, piccola sorella".

Allorchè mi avvicinai timidamente a Suor Giulia, ella mi pose le mani sulle spalle. Pareva tremasse.

Quella donna che mi aveva visto entrare in collegio, piccola bimba spaurita, tutta tremante in un abitino nero, doveva di certo pensare, in quel momento, che me ne andavo troppo sola, troppo sola nel mondo.

E non fu capace di pronunciare una parola.

Restò a guardarmi alcuni istanti con una espressione di umiltà e di dolore quasi volesse chiedermi perdono se per colpa d'un regolamento rigido e severo, non aveva potuto darmi un poco della tenerezza d'una madre.

La suora di guardia aprì il portone massiccio che cigolò sui cardini arrugginiti. La direttrice, l'assistente ed io prendemmo posto nella carrozza, il vecchio vetturino schioccò la frusta cantando il suo stornello d'occasione...

"S'apre la gabbia e un uccellino vola!"

Allora una nidiata di fanciulle invase la via e agitò i fazzoletti...

"Buona fortuna, buona fortuna, piccola sorella!"

E via, e via sul selciato dell'antica, sonnolente città dei Piceni... poi sulla strada ampia, libera, luminosa, odorante di acque e di sole.

Strada tutta immersa in una gloria fragrante di pampini, di boscaglie e di olivi.

Sicura e solenne come una regina fra l'effluvio delle selve.

Ridente e radiosa come una sirena fra lo smeraldo delle rocce.

Quando la cima della superba torre del collegio s'inabissò, attraverso la distanza, nell'infinito, a me parve che qualcosa mi fosse improvvisamente caduta sul cuore, e scoppiai in un pianto carico di laceranti singhiozzi ...

Finito, finito!

Adesso incominciava l'ignoto...

Adesso incominciava la lotta...

Adesso bisognava entrare nel mondo...

E mi sapevo tanto sola, tanto sola, con quella piccola valigia a fianco...

Piena di libri e del corredino umile e povero sciupato dall'uso e dagli anni!

Il deputato ci venne incontro affannosamente, frettolosamente.

Di lui non ricordo che un ventre enorme e due occhi gonfi e malati.

Strinse subito la mano alla direttrice ed inchinandosi davanti all'assistente disse: "Bene, bene, voi, dunque, siete la maestra".

"Ma no, scusi," interruppe la direttrice un po' confusa e contrariata, "la maestra è questa..." e mi spinse avanti arrossendo, quasi presentasse una colpevole.

"Come? come? come?" disse l'onorevole guardandomi dall'alto in basso e poi dal basso in alto.

"La maestra! questa la maestra!... Una bambina! una bambina!"

Ah! ah ! ah! e si abbandonò sulla sedia preso da una risata a ripetizione, lunga, fragorosa, interminabile.

Ah! ah! ah! "Una bambina... una bambina... vi dico!"

Più tardi, tutte le volte che la vita ha risposto ad ogni mio sogno, ad ogni mia aspirazione, ad ogni mia illusione con la viltà d'una risata, io ho creduto di risentire sempre la voce di quell'uomo, e di rivederlo abbandonato ad una rumorosa ilarità che non sapevo spiegarmi.

"Ma mettetele su quelle trecce, per dio... Scusate, suora, se pronuncio il nome di dio invano... Mamma, datele delle forcelle, insegnatele voi ad abbigliarsi in modo da sembrare un poco... la maestra".

Io non sapevo nè che cosa dire, nè che cosa fare.

Triste, tristissima, orribile cosa, pensavo, avere diciotto anni, un visetto quasi infantile, e degli occhi che pareva ridessero sempre, anche e specialmente fra il luccichio delle lacrime.

Allorchè la sera venne e con essa il silenzio e la solitudine, io mi rifugiai fra i miei libri.

Leopardi, Ada Negri, Rapisardi, Carducci, Targhetti...

Cari, cari, cari! Dolci amici sempre buoni e fedeli. Amici che non dimenticano mai. Amici di tutte le ore, sempre pronti all'indulgenza e al perdono.

Quante volte le mie labbra si erano posate su quelle pagine...

Quante volte quella mia testolina d'allora, così strana e bizzarra, si era posata, piena di sogni, sul loro cuore...

Senza di certo pensare che giammai cuore più profondo e più sicuro di quello avrebbe, ancora una volta, trovato nella vita.

Poi mi prese un poco di smarrimento.

Dove ero dunque io? Dove ero andata a finire?

Di certo molto, molto in alto.

Quasi rifugiata fra le aquile.

Il mio bianco lettuccio lasciato laggiù, le mie buone compagne, il giardino pieno di rose, la cascata di glicine attorno al muro di cinta, la madonnina bionda fra l'azzurro dei veli, erano tutte piccole, tenere cose che mi facevano dentro tanto male.

Aprii la finestra. Il cielo era fitto di stelle.

Sembravano pupille radiose pescate nel mare.

Le lucciole doravano ovunque le siepi.

Fra i boschi e fra le selve si intravedevano piccole finestre illuminate.

Perle cadute dai sogni e dagli amori degli astri.

E fra quel silenzio una voce sola.

Alta, fragorosa, solenne.

Quella del torrente. Divino, magnifico poeta che cantava fra le chiome della terra.

Così stanca, mi sentivo, così stanca, che mi distesi piano piano fra le braccia dell'immenso.

Con lo stesso abbandono, credo, con cui le mie compagne, uscendo di collegio, dovevano lasciarsi cadere fra le braccia della madre.

Lucciole d'oro...

Malia di sogni...

Rete d'amore...
E mi addormentai quella sera fra le braccia dell'infinito.

LA RIVOLTA DELLA TERRA

Il villaggio si era tutto raccolto e nascosto sotto la neve, che cadeva con insistenza dal mattino.

Quietudine e silenzio...

Non un passante: non una voce: non il rintocco d'una campana. Solo, a lunghi intervalli, l'abbaiare lontano di qualche cane, e attraverso le finestre d'ogni casa, il riflesso d'un lume o la fiamma del focolare.

Maria Filippa venne a dirmi, come d'abitudine: Buona notte, Maestra. Ma quel "buona notte" era un pretesto: la donna voleva essere ben certa che io non mancassi di nulla.

Sollevò le lenzuola per dare uno sguardo allo scaldaletto: scoprì la brocca ricolma di acqua: aprì il cassettone per riporvi ancora della biancheria odorosa, lavata nel torrente ed asciugata al sole.

– Vedete, io le dissi, indicandole il lume: è agli sgoccioli. Volete versarvi del petrolio?

– Se fossi pazza, sì; se fossi pazza sì che lo farei, rispose la donna mettendosi le mani sui fianchi. Ma Maria Filippa ti vuol bene, e non ti darà più neppure una goccia di petrolio questa sera... neppure una goccia... neppure una lacrima.

Io la guardai meravigliata e la interrogai con lo sguardo.

– Perchè è mezzanotte, ed è ora di dormire. Poi gettando alla sfuggita uno sguardo diffidente al tavolino ingombro di carte e di libri, riprese, incoraggiata dal mio silenzio.

– Vuoi che io ti lasci perdere gli occhi su quei libracci? I quali ti fanno diventare sempre più triste, sempre più buia? Vuoi tu dirmi che cosa vi è scritto su quelle pagine maledette?

– Tante cose belle e tante cose vere, Maria Filippa ... Se voi sapeste leggere!

La donna si fece un frettoloso segno di croce, quasi io le avessi detto una eresia.

– Io leggere? Ma che ti frulla per la mente? Ai nostri tempi erano tenuti ben lontano da noi i caratteri stampati... e così i giovani non perdevano il santo timor di Dio e si toglievano, con riverenza, il cappello davanti al parroco buon'anima... e le donne... e le donne non potevano commettere il peccataccio di scrivere una lettera all'innamorato. Ai nostri tempi, maestra, si pensava a cose oneste, ti dico: si imparava a filare, a tessere, a fare il punto a croce... e intanto si veniva su dritte, forti, sane e... poi si andava a marito... si andava.

La sua voce si era fatta leggermente commossa. Forse, d'un tratto, era passata, davanti al suo sguardo, una giovinezza di salute e di vigore, carica di sogni e di promesse, felice e canora fra quella corona di monti, di torrenti e di boschi.

Adesso era al declivio quel bel viso dal profilo severo e dagli occhi grandi e profondi, che leggermente obliqui e un poco beffardi avevano dovuto dargli un giorno, un fàscino strano e maliardo di falchetto ardito e selvaggio.

Il fazzoletto candido, orlato di pizzo, ripiegato a destra ed a sinistra sulla testa, lasciava intravedere una chioma corvina, maculata qua e là da qualche filo d'argento. La gonna corta e ripresa in alto in fitte e profonde pieghe le arrotondava i fianchi, e sopra al corpetto di broccato, il busto di velluto, in rabeschi d'oro, d'argento e di seta, le ingrandiva il petto e assottigliava la vita.

– Si andava a marito... si andava... ella riprese, quasi parlando a sè stessa, forse riafferrata dal flutto delle memorie.

Ma io non raccolsi quel suo cenno di rimpianto come, del resto, non avevo ribattuto sillaba a quella sua tirata bonaria e petulante.

Dentro di me andavano martellando alcuni versi con insistenza ed io, avendo gran fretta di fermarli sulla carta, ero un poco impaziente ed altro non vedevo e non desideravo, in quel momento, che mezzo litro di petrolio per alimentare il lume.

– Insomma, Maria Filippa, le dissi, guardandola fissa negli occhi, con quell'aria di dolente severità che aveva il dono di paralizzarle di colpo la lingua, io ho bisogno di lavorare ancora.

Ella si convinse e si mosse.

Allora presa nell'impeto della ispirazione poetica – come giovane ero e come ardente! – continuai ad alta voce, andando su e giù per la stanza:

Canta, frate mio grillo, in mezzo al verde;

Ma non t'ascolta no, l'umana gente!

Il rumore degli zoccoli pesanti si arrestò d'un tratto, e dal vano della porta, la donna domandò sbalordita: Ma dove vuoi che io possa pescartelo un grillo? Proprio un grillo tu vuoi, benedetta?

– Ma no... ma no... è una poesia, mia buona mamma Filippa: è una poesia che sarà una bellezza...

Ma quella bocca aperta, quello sguardo spalancato, quel suo viso pieno di stupore, di ammirazione, di compassione nello stesso tempo, mi dettero un momento di sincera ilarità... e risi davvero di cuore.

– Madonna santa del Carmine, andava ripetendo la donna, lungo le scale, madonna santa del Carmine, essa ride. Perchè tu, povera donna ignorante, l'avrai detta grossa; ma benedetta sia la tua lingua se è riuscita a far ridere questa nostra figliuola.

Silenzio, sogni e chimere...

La neve aveva cessato di cadere. Il cielo era pieno di piccole pallide stelle. Un'aria strana, calda ed afosa, sollevatasi nel cuore di quella rigida notte invernale, faceva pensare ad un incantesimo meraviglioso. Il respiro del deserto fra le gole e le vette delle montagne.

Pace, dolcezza e memorie...

Nella stanza il profumo sano ed agreste dello spiganardo dava un senso di benessere, d'intimità e di mistero. E dalla cucina, carica di rame scintillante, che doveva il suo color d'oro alle cure assidue di Maria Filippa, veniva su, a ondate salutari, l'odore del pane da poco sfornato, l'odore buono del pane da poco benedetto, e gelosamente rinchiuso nella madia.

Una scossa formidabile: un traballare spaventoso della casa: lo squarciarsi ed il rinchiudersi delle mura: tragiche voci, rauche di disperazione, invocare sant'Emidio: e poi, su di me, lo sfasciarsi ed il crollare della vòlta a crociera: infine il silenzio e l'immobilità del sepolcro.

Provai io, a quell'improvviso, folle e cieco furore della terra, provai io lo spavento disperato della morte?

Certo, nella più nascosta e profonda intimità dell'essere nostro, deve tenersi celata una sconosciuta energia, che viene d'improvviso a galla, a difenderci ed a sostenerci in quell'ora suprema. Se non fosse così l'umanità dovrebbe morire mordendosi le mani. Invece sul placido volto dei morti è uno sfinimento d'essere in pace e in riposo, che fa pensare ad un quieto lago tranquillo, fatatosi di incanto, davanti al sole, nella sua ora più bella d'estasi, di sogno e d'amore. Ed invero io, che pur nel ritmo normale della vita, non posso ancora guardare, con rassegnazione serena, questa realtà ineluttabile – la morte – invero io, tutte le volte che poi l'ho incontrata lungo il mio cammino, non ho avuto nè rimpianto, nè angoscia, nè disperazione. Ho detto solo a fior di labbro, non so a chi... forse a tutto l'universo, due semplici parole: "È finita" così... come se avessi chiuso un libro sulla sua ultima pagina. Forse è la grandezza dell'inevitabile... forse è l'eterna caduta di tutte le illusioni... forse è l'amore per l'umanità, che ci lasciano accettare, ad animo tranquillo, come logica cosa, questo tremendo mistero, che, veduto da lontano, ci turba e ci sconvolge...

Raggomitolata sotto i mattoni e i calcinacci, imponendomi l'immobilità più assoluta, trattenendo perfino il respiro, io avevo atteso, e non senza emozione, la replica della scossa.

Poi avevo cominciato a dare un assetto alle idee, che si erano smarrite e sconvolte.

Viva? sì, viva, dal momento che tale mi sentivo.

Bisognava adesso cercare d'uscire pian piano da quella tomba, che di certo non doveva essere profonda. Io avevo avuto l'esatta percezione di non essere precipitata. Il pavimento aveva resistito: le grosse travi si erano ritrovate nelle solide incassature alla fine dello sconquasso tremendo.

Quanto tempo dovetti lavorare per liberarmi da quel soffitto a rifascio?

Non so... non ricordo...

Ma ecco... ecco finalmente il soffio dell'aria... ecco finalmente il cielo...

E dritta, come una risorta, su quelle rovine, io ritornai alla vita... La vita... la bella vita luminosa, anche se respirata sul cratere d'una immane ecatombe!

Una piccola nidiata di fanciulli, i miei alunni più cari, terrei di spavento e fradici di pioggia – adesso il cielo piangeva sulla crudeltà di quel terrore – mi ripetevano una parola, una desolata parola: Maestra! oh! Maestra!

Tutto, tutto era stato, nel palpito di pochi secondi, schiantato e travolto.

Case, affetti, amori...

Tutto, tutto era stato, in un soffio di tempo, sradicato e abbattuto.

Anni di lavoro: anni di sacrificio: tranquille vite al tramonto: giovinezze di sole: albori in germoglio...

Tutto era adesso un ammasso di rovine fumanti, di macerie giacenti alla rinfusa, bloccate dalle frane che avevano coperto le strade e spezzato i ponti, e minacciate da larghi, orribili e profondi squarci della terra.

Di quella terra, che fra non molto, al cadere delle notti, avrà dei boati spaventosi e infernali, seguìti da scosse a ripetizione; boati simili a ruggiti di leoni ciclopici, che racchiusi nelle profondità degli abissi, si fossero d'improvviso destati, e avessero addentato il ventre di quella smisurata oscurità.

Ombre e fantasmi... i superstiti fra quelle rovine.

E v'è chi, le braccia verso il cielo, maledice "Iddio" per quel castigo tremendo... poi singhiozza e domanda perdono, tenendosi disperatamente il volto fra le mani.

E v'è chi, accasciato sulle rovine della piccola casa, è un naufrago sperduto nel più atroce dolore.

E v'è chi, avvinghiato al corpo d'un morto, gli ricorda in una nènia, frammista di pianto, le sue bellezze, le sue virtù, le sue abitudini, e le sue promesse.

E v'è chi, disteso bocconi sopra un mucchio di rottami, invoca, ad alte grida, un nome, un volto, ed un cuore.

E v'è chi, immobile, senza battere di ciglio e movimento di labbro, assorte le pupille nel nulla, pare un fulminato sulla soglia del passato.

Avanzando alla meglio fra quell'intrico di tronchi, di sbarre contorte, di travi incrociate; e impalcature disfatte, a rifascio; e intrecci di paglia, di canne, di vimini, di calce; e intelaiature di porte, di finestre, di persiane; e barricate di mobili in frantumi; tra muri pericolanti e lo sprofondarsi, a tratti, di tutto quel rottame malfermo e alla rinfusa... in pochi avevamo incominciato la pietosa opera di salvataggio.

Lontani, così lontani da tutti; tagliati dal mondo intero; senza mezzi, senza viveri, senza risorse; incatenati sopra un immenso sepolcro urlante, noi eravamo là, a respiro sospeso, a cuore disperato, in tutta la tensione della nostra energia e della nostra giovinezza; noi eravamo là, a contendere palmo a palmo, minuto per minuto, alla tragica morte, i vivi sepolti.

Attorno raffiche di vento e di pioggia e lumeggiare di lampi. Dall'alto lo scrosciare rapido del torrente. Da sotto il gemito straziante dei sepolti e l'urlìo interminabile del bestiame. Giù, nella valle, il frastuono del fiume torbido, grosso e minaccioso tra i pioppi, i faggi e gli abeti!

Non l'ombra d'un re, d'un duca, o d'una principessa reale, passò, per qualche ora, fra quelle rovine.

Questa carità dalle mani bianche e aristocratiche, come avrebbe potuto sfidare il rigido inverno di quelle contrade, ed i pericoli, i disagi, le incognite delle strade mulattiere, ripide e ardite lungo i fianchi dei monti, capricciose e frastagliate fra le balze, le rocce, le boscaglie e le valli?

Questa carità dalla maschera fine e gentile, come avrebbe potuto inerpicarsi fin lassù, senza il codazzo chiassoso dei cortigiani che la magnifica; senza il tic-tac degli obiettivi fotografici che la ritrae ad ogni gesto e ad ogni lacrima; senza la risonanza della grande stampa che ne esalta e ne conclama l'offerta e il sacrificio?

Migliaia e migliaia di rozzi e analfabeti contadini; forti, ruvidi, austeri; sagomati, allorchè curvi sul lavoro, con la terra e la montagna; dei quali tutti ignorano l'esistenza; ma di cui nessuno si dimenticherà fra breve, quando saranno chiamati alla cruenta difesa della patria in pericolo;

Migliaia di queste vite semplici ed umili – ricchezza vera del paese – in muto amore e colloquio con la terra sana e feconda, che cosa sono esse, che cosa valgono esse, in confronto d'un frack e d'una tuba uscenti traballando da un'orgia notturna? Che cosa sono esse, che cosa valgono esse, in confronto d'una corona o d'un diadema che sfolgora e brilla sopra una fronte regale sospettosa e tremebonda?

Maestrina, giovane maestrina, dall'animo già in tumulto e in rivolta, che curva a bendare i feriti e a dare riposo ai morti, hai il volto bagnato di lacrime roventi;

Maestrina, che pallida e fragile nel succinto vestitino nero, sembri l'anima del dolore fra le macerie; tu meglio comprenderai domani, che allorquando i potenti e i coronati discendono dal fasto dei loro castelli, pretestando angoscia, aiuto, amore per i colpiti dalle calamità naturali, è la mano farisea che cerca far dimenticare con quel gesto, di essere la forza motrice di tutte le calamità sociali; è la mano usuraia tesa alla sventura, per inconfessabili e smoderati fini di vanagloria, di pubblicità, di arrivismo e di potere.

La disperazione dei primi giorni si era andata man mano mitigando.

Quasi tutti i feriti erano stati trasportati, con pesanti autocarri, nella città più vicina; tutti i morti, poveri corpi mutilati, lividi e tumefatti, riposavano in una profonda e larga fossa in comune, e sotto provvisorie tende malferme e insicure, ogni superstite andava riunendo i suoi affetti, i suoi pensieri e le sue tristezze.

All'aperto, sotto il cielo basso e greve, quasi torce sorrette da mani invisibili attraverso le vie della notte, ardevano fuochi vividi e scintillanti dall'odore acuto di ginepro, di timo e di ginestra.

Alcune vecchie comari – quelle che con olio, grano e acqua fanno e disfanno le "fatture"; quelle che con la corona del rosario e con le fasce dei neonati uccidono lo spirito maligno nel corpo dei bimbi irrequieti; quelle che con l'infuso d'erbe misteriose tolgono o ridanno l'amore – si erano, quella sera, riunite a parlare dei loro segreti e delle loro malìe.

– Donna Luigia è inconsolabile e sembra davvero una madonnina di cera... e sfido io... dopo tanti anni d'amore... alla vigilia del matrimonio... vederselo ridotto così il suo fidanzato... il giovane più bello e più ricco del paese! Ma perchè non ne muoia le voglio fare una fattura senza nodo... le voglio fare... Così dovrà svegliarsi un bel mattino senza più nessuna memoria e nessun ricordo del passato.

– Vedete, interloquì un'altra, che sopra la tenda di Giovanna Maria brilla una stella più rilucente delle altre? Finito il lutto, appena ripiegato il velo nero, don Giovanni, di certo, la porterà all'altare.

– E la Menica e compare Antonio, rimasti adesso così soli... via... non farebbero ancora una bella coppia così forti come sono?

– E della simpatia pare che già... che già ne avessero...

– Ma pura, comare benedetta, pura come l'acqua delle novantanove cannelle.

E così, di questo passo, quelle linguacciute fattucchiere avevano in poche battute annodato altri affetti, altri legami: avevano in pochi minuti riedificato sul passato un mondo tutto nuovo.

– Ma la potreste finire una buona volta, io dissi severamente, fermandomi d'improvviso davanti a quel caratteristico gruppo, macchia di tinte vivaci nel biancore della neve.

Uno, due, tre, quattro volti... quasi tutti uguali – un capriccio di rughe e due occhietti vivaci sotto l'ombra del fazzoletto – si sollevarono verso di me con meraviglia.

– E poi... parlare così... mentre i morti sono ancora caldi... non vi sembra dunque di offendere qualcuno, di insultare qualcosa?

– Maestra, rispose allora la più autorevole e la più vecchia, e parlava adagio, scandendo quasi le sillabe, per dare una espressione profetica alle sue parole, maestra, tu sei troppo giovane e ancora tanto inesperta della vita. Ma io ti dico, io che leggo nelle stelle, nel grano e nella mano, io ti dico che fra pochi mesi più nessuno piangerà i perduti. I vivi con i vivi: i morti con i morti, giovane maestra.

Verità amara: il fondamento forse della vita; ma una di quelle realtà che si mandano giù tanto male.

Volsi le spalle con un senso di nausea nella gola, ed entrai in una larga tenda dove più persone, intimamente riunite, avevano ripreso l'abitudine di fare insieme la veglia.

Si alzarono tutti per cedermi il posto: poi qualcuno, offrendomi una tazza di caffè odoroso e bollente, continuò, indirizzandosi a me, la discussione:

— È vero o non è vero, Maestra, che presto, ben presto l'Italia dovrà decidersi di entrare in guerra?

Un tuffo al cuore: un ribollimento di tutto il sangue che già tanto amaro era diventato in quei giorni, e due parole, due sole parole che rivelarono d'improvviso, senza veli, tutto l'animo mio: "Un delitto" risposi... E a fronte alzata, aspettai la tempesta.

– Ecco... proprio come dicevo io, approvò battendo le mani, Angelantonio: un giovane che era tornato dalla Germania dove aveva, per alcuni anni, lavorato in miniera.

Volsi lo sguardo e sorrisi a quell'aiuto inaspettato.

– Un delitto, ripresi. Perchè questo folle massacro di uomini e di cose? Avete fatto dei figli dunque, per mandarli infine allo scannatoio?

Nessuno osava ribattere. Quella parola "scannatoio" aveva fatto trabalzare le donne e ammutolire gli uomini.

– Un delitto che voi non dovreste permettere. Guardate... e qui le parole le sentii miste di lacrime tanto cocente era dentro l'angoscia; tutto attorno a noi è scomparso, e contro queste misteriose forze della natura nulla purtroppo noi possiamo opporre. Ma contro la guerra, questa più terribile sciagura, che pochi pazzi e criminali preparano, gli uomini hanno la forza, la ragione, la volontà, il diritto... la ribellione.

Io mi ero accesa in uno slancio di avvampante passione e vidi, fra gli altri, gli occhi grandi e luminosi di Angelantonio, pieni di lacrime e di speranze.

– Ma i nostri fratelli di Trento e di Trieste? Ma la patria? obiettò timidamente qualcuno.

– E gli uomini di tutto il mondo non sono ugualmente essi dei nostri fratelli? Chi ha il diritto di dire: Fin qui siete fratelli, al di là di questo segno voi non siete che dei nemici implacabili?

– Certo, certo che la nostra maestra ha ragione... ha "studiato agli studi" essa... e vuol bene alla povera gente come noi...

Ed i visi si fecero più vicini a me, con attenzione e interesse.

– E quelli che avete dovuto cercare lavoro all'estero non vi siete sentiti più in patria fra i tessitori, i contadini, i minatori della Germania, che fra i signorotti rapaci, superbi e insolenti del vostro paese?

– Che verità... che verità sacrosante!... come don... don... – e qui il nome veniva taciuto – che ci prende tutto il raccolto senza dirti nemmeno: muori.

– Ma io vi dico, invece, povere anime di Cristo, vicino alla dannazione, vi dico che è Dio che permette la guerra... non muove foglia senza che Dio non voglia... interruppe una barba bianca e fluente: l'uomo più vecchio e più ascoltato della montagna.

– Che mostro il vostro dio, saltò su Angelantonio, abituato alle franche e rudi discussioni fra emigrati... un mostro che vuole il terremoto, la peste, la carestia, la guerra...

– Satanasso!... urlarono le donne, avvicinando alle labbra il rosario. Se sei tornato in paese per prendere moglie, ti faremo "mangiare il limone"... ti faremo!

– Prendermi una delle vostre oche io? grazie, rispose il giovane con un poco d'impertinenza che mi spiacque, perchè sciupava la sua bella e altera fierezza.

Una biondinetta piegò la testa, e sotto le ciglia lunghe e sottili io vidi brillare alcune lacrime amare. Aveva ella, mite ed ingenua, tessuto già qualche sogno?

– Eppure... con rispetto a vossignoria, maestra, intervenne la guardia campestre, che all'occasione era l'autorità poliziesca del paese, io penso, io dico che il re... il re è il padrone...

Ma d'improvviso una voce calda e melodiosa, venente da lontano, si sfioccò in languidi sogni attorno e sopra di noi...

O amore, che mi guardi dalle stelle,
Scendi tra i monti e lasciati baciare...
Strette, mute, adesso, le labbra; ardenti i cuori ed ogni volto sbiancato...
O amore, che la vita mi torturi,
Fra le tue braccia fammi singhiozzare...

Tutto l'accampamento pendeva da quella magnetica, limpida voce. Tutta la selvaggia e magnifica terra d'Abruzzo apriva le vene turgide e sane a quella traboccante passione.

Il passato... la sventura... le rovine... la vita sui sepolcri... gli odii... gli amori... le umiltà... il soffio delle lontane lotte sociali... le ribellioni... e nell'ombra, protetta da mostri feroci, l'immensa fornace della guerra, dagli occhi di sangue e dalle fauci di fuoco.

– Arrivederci... e torna presto.
– Buon viaggio, maestra.
– Grazie, maestra, e ricordati di noi.

Erano tutti attorno a me, buoni, modesti, premurosi; e quell'arrivederci che io sapevo essere un addio, per sempre, mi faceva carico di sofferenza l'animo e rauca la voce.

Gli alunni, in gruppo separato, erano là, sul poggiòlo, per vedermi ancora fino all'ultima svolta.

In parecchi mi aiutarono a prendere posto nell'autocarro scoperto, pesante, sgangherato, dall'odore acuto e disgustevole di grasso e di benzina, che portava verso la città gli ultimi profughi e gli ultimi feriti.

Adesso tutto il mio dovere era compiuto, ed io potevo partire.

L'improvvisa, tremenda esplosione dell'abisso occulto ed ignoto, arrovesciando quel lembo di terra, mi respingeva lontano, verso altri paesi ed altre genti; mi strappava da affetti umili e devoti; mi toglieva da una scuola semplice e povera, riscaldata da piccole anime buone e sincere, per rigettarmi verso l'oscurità e il turbine della vita.

Così... come quando... piccola bimba un poco sdegnosa, dai grandi occhi sbarrati, resa orfana dalla cieca passione d'un uomo, io avevo lasciato la casa, la montagna, quella stessa contrada, per raggiungere il collegio lontano, grigio d'affetti e senza memorie.

L'autocarro si mosse con frastuono.

– Buon viaggio, buona fortuna, maestra!

Tutte quelle braccia tese, e i miei alunni scalzi e laceri sul poggiolo, e il profilo delle montagne, e i paesi diroccati, e il cimitero, e la neve, e i ricordi... mi strinsero, con forte mano, la gola.

Giù, giù per la via che si snodava verso l'avvenire, l'autocarro avanzava a passo ed a fatica sotto una bufera di neve. Ed io in piedi, tra i feriti ed i fuggiaschi, mi distaccavo con pena da quel passato di purezza.

Maestrina, fragile maestrina, che ancora tutto non sai, e avanzi verso il mistero, è questo, solo questo il quadro della tua vita avvenire.

Per una grande Idea;

Di lotta in lotta, di prigione in prigione;

Discacciata dalla patria, attraverso le vie del mondo, senza mai la tua casa, il tuo nido di rifugio, senza mai un sicuro domani;

In piedi, dove ferisce l'ingiustizia e dove passa la sventura;

In piedi, come oggi, tra i feriti, i caduti e gli scampati d'una più feroce tragedia;

Verso una visione d'umanità e di giustizia;

Verso l'ostinato sogno di pace e d'amore;

Sotto le flagellanti burrasche della vita;

E sempre a bandiera spiegata.

PASQUA DI RESURREZIONE

"Ed ora... arrivederci fra una settimana".

Un mormorio passò fra le alunne. Qualcuna ebbe un improvviso scatto di gioia. Qualche altra atteggiò le labbra a rammarico e mise color di tristezza nei larghi occhi senza macchia.

Nell'aria si sentiva un tepore misto di sole e di boschi.

Entrava a ondate di biancospino attraverso le finestre spalancate sulla campagna, e metteva sapore di siepi nelle creature bianche e sottili che mi andavano salutando l'un dopo l'altra.

"Buona Pasqua, maestra".

"Ti verrò a trovare, maestra".

"E se tu verrai alla processione stasera mi vedrai con tanti fiori bianchi fra i capelli disciolti".

"Ed io ti darò un fiore della mia ghirlanda e quel fiore ti porterà fortuna".

La primavera camminava nell'aria, agile e sottile con le sue membra di luce e pareva che tutte quelle creaturine fossero piccole stelle distaccatesi da essa lungo quel meraviglioso cammino.

"Buone feste, maestra".

"Gli argini dei fiumi sono ricolmi di fiori".

"Gli uccelli hanno deposto i nidi dovunque".

"Gli alberi son tutti in germoglio".

"E se prendi la via della selva, tu cammini fra i ciclamini e le ginestre".

Io ero rimasta in piedi davanti alla porta e seguivo con lo sguardo la nidiata trillante che già sulla via, obliosa di me e della scuola, si lanciava in piccoli voli fra l'azzurro senza confine.

Poi la strada divenne silenziosa e deserta: il sole vi si tuffò con rinnovato impeto d'amore, trovandola tutta sola, e tutta sua.

Limpida e sonora parlò la voce del vicino torrente: l'anima si sentì ravvolta e chiusa fra le sue braccia d'argento e vi si distese in un desiderio di cantilene a sentirne il mistero delle acque suonanti.

* * *

Tralci di mortella e d'olivo.

Bianche e piccole case profumate di verbena.

Ampi e fulgenti focolari per le dolci e quiete serate di pace.

Serene e pallide fanciulle con la testa leggermente piegata all'indietro per il peso delle lunghe e folte trecce corvine.

Malinconiche serenate di purissimo amore, arpeggiate sotto le stelle, che mettevano la loro luce negli occhi di quei melodiosi trovatori ravvolti negli ampi mantelli montani.

Battere assiduo e operoso di telai e tintinnio di spole svelte e leggere.

Lunghi ritornelli imbalsamati d'anima e di sogni.

Greggi dispersi per i colli ed i prati a brucare, nel tepore, il timo e la menta.

Vecchi pastori scolpiti nel bronzo, taciturni come monti e sereni come cielo.

* * *

Adesso nella grande aula polverosa, che senza la voce di quei piccoli poeti pareva fosse discesa nell'ombra, un tencro e tremante cuore era rimasto ad aspettare e si teneva, con timidezza, in silenzio.

Anna, la dolcissima.

Anna, alta e sottile come un giunco, con gli occhi amari che già sentivano e vedevano la vita, con la bocca senza colore che già sapeva, della delusione, il vuoto e l'amarezza.

Le sue labbra tremavano.

"Maestra".

Io le presi con tenerezza, le bianche mani, e la guardai negli occhi che avevano tracce sicure di pianto.

"Senti", mi disse, e pareva esitasse a parlare.

Poi, d'improvviso, una voce che sapeva di beffarda ironia gettò nel nitore di quel cristallo e di quell'incantesimo, uno di quegli stornelli che sono, per le anime innamorate, la più profonda e insanabile ferita.

Ma questo amore tuo

Di sete spira.

Le piccole mani dolorose tremarono fra le mie e dal bel volto disparve ogni luce.

"Anna"...

"Permetti che io ti resti vicina stasera", mi disse mordendo fra le labbra il pianto che le veniva dal cuore.

"E non seguirai la processione?"

"No... perchè so che tu non vi andrai".

Incominciava a discendere la sera; una di quelle sere pungenti che ti riempiono di pensieri lo sguardo, e ti mettono dentro la profondità degli abissi; e ti fanno vedere la fatuità, la inutilità della vita; e ti fanno risentire d'essere una zolla della terra, perchè tu possa, nella umiliazione, piegar le ginocchia davanti a qualcosa, a qualcosa di grande e di puro che ti lavi lo spirito e ti rimetta un poco di luce e di trasparenza nelle mani.

Si era fatto quasi freddo.

Io gettai sul fuoco qualche fascina.

La fiamma crepitò d'improvviso: si ruppe in una raggiera di scintille: si snodò libera e fiorente per l'ampia gola del camino e ci fece la fronte luminosa. Anna, seduta dirimpetto a me, mi disse piano, piano, quasi senza muovere le labbra, quasi che di lei parlasse lo spirito:

"Dimmi che cosa significa veramente Pasqua di Resurrezione, maestra".

* * *

Silenzio ed attesa...

Tutte le mute cose avevano abbassate le palpebre, ora che le stelle avevano aperto gli occhi sulla terra.

Tutti i fiori avevano nascosto le corolle, ora che le gemme del cielo avevano aperto, sull'immensità, i loro petali stellanti.

Tutte le donne avevano disteso le coperte ed i drappi più belli, ora che un divino corpo macerato, aveva ravvolto le sue piaghe nei morbidi lini odoranti di incenso e di mirra.

Silenzio ed attesa...

L'intero paese pareva si fosse vuotato di tutta l'anima sua e l'avesse deposta, in forma di lumi accesi, sugli scalini delle case, sulle porte spalancate, sui davanzali delle finestre.

Attraverso le vie strette, anguste, tortuose; attraverso i sentieri e i dirupi; attraverso i colli ed i prati e le piccole, semplici case tremanti davanti all'Atteso, la processione si snodava lentamente, faticosamente.

Ed altre genti, ovunque disperse, sollevavano in alto, a guisa di saluto, le torce fumanti, rimosse dal vento.

Poi il silenzio si fece più profondo.

Poi le fiamme si fecero più numerose e più vive.

Poi la gente cadde in ginocchio

E in alto, il Cristo morto, portato a braccia dagli uomini più vecchi della contrada, pareva riflettesse nelle sue ferite tutte le vivide luci accese per lui dai viventi:

"Debbo inginocchiarmi, maestra?" mi disse Anna tutta pallida e triste.

"Come tu vuoi, sorella".

Ma ella rimase in piedi vicino a me, e mi poggiò la testa sulla spalla.

Come più straziati di lui erano quegli uomini stanchi e sfiniti, diventati oramai un blocco solo con la terra e con la vanga!

Come più disfatta di lui quell'umanità sofferente, battuta dalle delusioni, dalle inutili attese, dalle amarezze insanabili, dalla fuga di tutti i sogni, dal tramonto di tutte le aspirazioni!

E non aveva chiesto di vivere ed era costretta a vivere.

E non aveva chiesto di morire ed era obbligata a camminare verso la morte.

E non aveva chiesto il martirio dell'amore ed era dannata ad amare.

E non aveva chiesto il veleno dell'odio ed era condannata ad odiare.

Ogni bocca illividiva di arsura.

Ogni sguardo diceva di soffrire.

Ogni mano tremava di segreti dolori.

Ogni fronte svelava un'angoscia che dentro viveva.

* * *

Adesso le stelle morivano nel cielo.

Adesso le torce si spegnevano l'un dopo l'altra.

E i lumi deposti sulle porte e sui davanzali agonizzavano negli ultimi guizzi, mentre la processione continuava il suo cammino tra le vie della notte.

Silenzio e mistero...

Qualcuno pensa, qualcuno parla tra i fantasmi dell'ignoto: È l'umanità che se ne va per il mondo e porta sulle spalle tutto il peso della sua vita già morta... tutta l'angoscia di quelle gioie che non ha potuto vivere, tutto lo strazio di quei sogni che ha dovuto essa stessa sfrondare... tutto il martirio di albe luminose a cui ha dovuto, per sempre, rinunciare.

* * *

Noi prendemmo il sentiero del ritorno.

"Maestra, tu non mi hai dato ancora una risposta. Dimmi, che cosa significa veramente Pasqua di Resurrezione".

"Quando nessun uomo accetterà il suo destino dalle mani di un altro uomo;

"Quando più nessuno potrà imporci di soffrire e di morire;

"Quando più nessuno potrà calpestarci il cuore e la vita;

"Quando saremo liberi come le rondini e luminosi come gli astri;

"Quando l'essere nostro non sarà più schiavo di noi stessi;

"Quando potremo liberamente volere, ed essere qualcuno, ed essere noi;

"Solo allora solcherà l'azzurro ridente la Pasqua di Resurrezione".

"Non comprendo tutto, maestra".

"Comprenderai meglio domani, sorella".

* * *

Degli anni sono passati.

La notte si è fatta più profonda.

Gli uomini son diventati più curvi.

Gli animi si son fatti più vili.

E nel silenzio della mia stanza d'esilio dove non entra mai sole;

E nell'angoscia del mio spirito dove qualcosa si spegne;

E nel fremito della mia penna dalle burrasche affilata, mi par di sentire ancora, lieve come un lamento infantile, la voce di quella fanciulla, inutilmente, precocemente ammalata d'amore:

"Che cosa significa, maestra, Resurrezione?"

BRESCI NEI MIEI RICORDI

Si era alle vacanze estive. Noi, dieci o dodici educande rimaste in collegio, eravamo arrivate, solamente da qualche giorno, alla stazione balneare.

Io ero allora una piccola bimba triste e silenziosa, senza la mobilità, gli scatti, gli ostinati capricci e le squillanti risate dell'infanzia felice.

Avevo perduto padre, madre e due fratelli nel giro di pochi mesi. Il mio tutore, accorso dopo la terribile sventura che aveva distrutto una intera famiglia, mi aveva improvvisamente strappata dalla bianca, bella casa paterna, tutta rilucente di sole; da quel lembo di terra così indimenticabilmente canoro di boschi e di acque, e mi aveva lasciata sulla soglia del collegio con queste parole "Ricordatevi che voi siete sola, che voi non avete più nessuno: non potete perciò permettervi i capricci delle altre bambine. Pensate a farvi da sola una vita".

E queste parole così aride e così fredde, che erano state dette solo a scopo di conforto, avevano, invece, fatto maggiormente soffrire la mia piccola anima, che dolorava da tutte le parti, e che da quelle frasi, di cui non poteva ancora comprendere l'alto significato morale, ne aveva tirato, con la semplice e terribile logica infantile, questa amara deduzione: che io dovevo considerarmi in uno stato di inferiorità di contro alle mie compagne: che io non dovevo fare ciò che le altre facevano, perchè ad esse, in virtù d'un privilegio di affetti, tutto sarebbe stato permesso, ed a me, in nome della sventura che mi aveva colpita, nulla sarebbe stato perdonato.

Nel pomeriggio di quel giorno, guidate dall'assistente, ci eravamo incamminate, come al solito, verso la spiaggia: due per due: tutte silenziose, tutte linde, tutte savie.

Ad un tratto, da un edificio pubblico, vediamo sventolare una bandiera a lutto... poi un'altra.... poi un'altra ancora.

Qualcuno guarda... qualcuno parla... qualcuno si ferma.

L'assistente si turba, ci fa sostare, poi comanda il dietro-front.

Che cosa è? Che cosa non è?

Una frase passa di bocca in bocca.

Il re è stato ucciso a Monza.

Io sollevai di scatto il visetto pallido e triste. Ecco... io sapevo benissimo che cosa significasse la parola... ucciso.

Tutto quanto avevo sofferto di recente, si riaprì improvvisamente con uno strappo violento, che lacerò i pochi punti dati alla rinfusa, senza dolce cura di mano materna, alla larga e profonda ferita, che non ha trovato più quiete.

Sì, io ben sapevo che cosa significasse quella parola.

Un padre giovane e forte, che esce di casa empiendo l'aria di canti, e che alla sera gli amici te lo riportano sulle braccia, con gli occhi spenti e con il petto dissanguato.

Ma il re... chi era il re? Io ne sapevo vagamente qualcosa per i ritratti disseminati su tutte le pareti del collegio, e per quel poco che ne avevo potuto apprendere dalle prime letture di scuola.

Un uomo? no. Una leggenda? no. Un sogno? ma... non so... qualcosa di vago, di lontano, di confuso, di inafferrabile, che vive dove nessuno può entrare, dove a nessuno è permesso di guardare; ma qualcosa; ma qualcuno che ti vede, che ti segue, che ti disturba, che entra, con le prime nozioni nella tua vita, e che pur vivendo così lontano da te è sempre là, inutile e importuno, con quei suoi occhi freddi e grigi, e con quei suoi baffi formidabili; sempre là, nei primi libri che tu sfogli, nella scuola che tu frequenti, nel collegio nel quale tu sei rinchiuso.

Adesso noi si rifaceva silenziosamente la via percorsa, e come se invece di camminare sulla dura terra, noi si camminasse sul corpo del re morto, l'assistente si affannava a ripetere: "Marciate leggermente, molto leggermente: nessuno deve essere disturbato in quest'ora di grave dolore".

E per oggi, addio bagno, mi soffiò all'orecchio, con voce contrariata, la mia compagna di fila.

Io non le risposi; io, ero tutta chiusa in me stessa; tutta assorta in quelle strane riflessioni. Ma chi era colui che aveva ucciso? E perchè aveva ucciso? Ed in che modo era riuscito a penetrare fin dove a nessuno è dato neppure di guardare? Ed una palla di piombo brucia dunque anche la carne d'un re? Ma un re è allora un uomo.

E se è un uomo perchè ci avevano parlato di lui non appena avevamo incominciato a sillabare, perchè ci avevano spaventate con quei "cinque" disastrosi tutte le volte che non avevamo ricordato il luogo o il mese o il giorno della sua nascita?

Al ritorno trovammo il collegio più cupo e più silenzioso d'una tomba. Bandiere a lutto, persiane abbassate, gente che camminava sulla punta dei piedi, pasto più frugale e più desolante del solito: tutto il personale pareva avesse indossato la stessa uniforme di severo dolore.

Poi vennero gli ordini. Occorreva pregare molto per l'anima del re. A turno, quindi, di due ore, noi dovevamo alternarci, per la durata di quaranta ore, in una muta adorazione davanti al sacramento già esposto nella piccola cappella fiorita e profumata. Di giorno avremmo vegliato noi: di notte le assistenti.

Oh! il dolore delle mie piccole ginocchia obbligate a restar genuflesse per così lungo tempo davanti a quella raggiera muta e scintillante, mentre la mia fantasia continuava ad almanaccare cose su cose, ad affastellare pensieri su pensieri, a sovrapporre visi su figure, e si soffermava sulla conclusione che quel re doveva aver molto peccato se noi eravamo obbligate a restare, per la salvezza dell'anima sua, lunghe ore in quell'incomoda e snervante posizione.

La sera ci spedirono a letto più presto del solito. Anche l'ultima, breve preghiera della giornata fu per l'anima di quel morto importuno. Poi le luci morirono le une dopo le altre: solo rimase acceso, nel mezzo del dormitorio, il lumicino di cera che rischiarava un poco le notti.

In quella penombra i miei occhi restavano ostinatamente sbarrati ed io mi andavo ripetendo il nome di colui che aveva ucciso, e ne contavo le sillabe sulla punta delle dita: Bre-sci... Bre-sci... bel nome breve e sonoro... fatto di due sillabe solamente e così facile ad essere ricordato.

La direttrice entrò come un'ombra per l'ultima ispezione.

Io le feci cenno di avvicinarsi.

Ella si chinò sul mio lettuccio, buona e pensosa.

– Non dormi, bambina?

– Mi dica, incominciai pian, piano quasi svelassi un mistero. A me può dirlo. Perchè lo
ha ucciso?

– Perchè Bresci è un pazzo ed un criminale, figliuola.

– Ma si uccide per una ragione.

– Non ti tormentare; chiudi gli occhi e dormi.

– Io lo so: si uccide per una ragione.

Ella non rispose. Mi prese le braccine, me le piegò in croce sul petto, mi aggiustò ben
bene la coperta attorno al collo, e scomparve così come era entrata, ombra muta e leggera.

– Sì... si uccide per una ragione. Per denaro, per odio, per amore. Vero... – si... per amore.
Questa parola io l'avevo sentita ripetere tante volte a casa dopo la tragica fine del mio
povero babbo e da tutto quello che ne avevo sentito dire avevo finito col persuadermi che
amore fosse la stessa cosa che morte.

Ecco l'amore. Un uomo in agguato che scarica la sua arma contro un altro: una nidiata di
figliuoli dispersi: una casa vuota: una bambina rinchiusa in collegio senza i diritti degli
altri bambini.

Anche il mio tutore aveva masticato una strana frase davanti al ritratto del mio povero
babbo: "La morte gli è entrata in casa in figura di amore".

Poi cominciai a ricontare sulla punta delle dita le sillabe del bel nome breve e sonoro. Poi
tutti quei morti e quei vivi si chinarono sul mio viso... e lentamente, dolcemente ogni cosa
scomparve dentro il velo del sonno.

* * *

Degli anni passarono. Io ero diventata una adolescente sana e forte, e la mia era una di
quelle adolescenze precoci, turbinose e tempestose, piene di sogni, e di fantasie che si
scuotono in singhiozzi ed in canti ad un semplice suono; che parlano con le voci della
notte nelle incantate sere lunari; che danno vita e occhi a tutte le morte cose; che sentono
venir parole e bisbigli da i cespiti di fiori.

Avevo divorato centinaia e centinaia di libri che erano riusciti a varcare furtivamente la
cinta del collegio: li avevo divorati senza una guida, senza un consiglio, senza una
selezione; ma nessuno di essi aveva ancora profondamente scossa la mia mente in
formazione.

Un giorno mi capitarono fra le mani i volumi di Ada Negri.

Oh! l'orizzonte magnifico che si aprì allora davanti al mio sguardo! Che bagno di sole e
di limpide acque ebbe allora il grigiore dei miei pensieri; che musica divina cominciò a
scaturire dal mio cuore; che limpido torrente sonoro lavò tutta l'anima mia! Io uscii da
quella lettura rinnovellata e rinvigorita, come se tutto l'essere mio si fosse tuffato in un
bagno di azzurro purificatore.

Mi sembrava alfine di aver trovato una ragione di vita: quei magnifici colpi di martello
erano per me come un sussulto d'anima che germina e rinverdisce.

E quando mi cadde sotto lo sguardo la lirica: Il regicida, quando lessi l'altra scritta dopo
la strage di Milano, e quel...

"qualcuno nell'ombra maledisse"

allora compresi perchè Bresci aveva ucciso.

22

Aveva ucciso nel nome di coloro che non hanno casa, che non hanno pane, che non hanno affetti. Si era levato, gigante luminoso, sopra un popolo di morti per vendicare chi era stato mitragliato sulle strade d'Italia. Aveva colpito in nome dei diseredati, dei calpestati. Aveva voluto scuotere e rovesciare la base falsa ed ingiusta su cui si inalza la vita.

Un lampo mi attraversò la mente. Io dovevo chiedere alla direttrice una spiegazione: io ero nel diritto di domandarle per quale ragione essa aveva cercato di ingannarmi in quella sera lontana della mia infanzia desolata. E fui sul pianerottolo della sua camera. Bussai ed aprii la porta, senza attendere il rituale: entrate.

La donna sollevò sorpresa la testa dal registro dei conti, e mi fissò bruscamente.

– Lei?

– Io.

Ma il mio viso doveva essere stravolto.

– Lei... proprio lei?

– Io... io perchè debbo dirle che un giorno anche lei mi ha ingannata... io... perchè debbo dirle che Bresci ha ucciso per vendicare chi era stato trucidato.

La direttrice fece bruscamente un passo indietro. Di certo la povera donna aveva dovuto dimenticare il re e Bresci e quell'afosa sera lontana e doveva, in quel momento, essere sotto l'impressione che io fossi improvvisamente impazzita.

–... Sì... Bresci ha ucciso per punire un tiranno. È dura la vita, quando la vita è una ingiustizia... ed io lo so... io lo so che cosa è l'ingiustizia... io lo so che cosa significa non avere nessuno... e non mi fu possibile finire, perchè un pianto largo, impetuoso, violento, mi ruppe la voce ed il petto.

La direttrice rimase sconcertata... mi prese le mani... cominciò a cercare qualche parola.

– Tu non dirai più queste eresie... tu non dirai a nessuno quello che hai detto a me.

Poi mi attirò lentamente verso il crocifisso che pendeva sul suo letto.

– Vieni qua, dì insieme con me: "Padre nostro che sei nei cieli".

Io ripetetti piano, piano, fra i singhiozzi: "Padre nostro che sei nei cieli".

Ma lentamente, lentamente... sopra il viso del Cristo, vidi sovrapporsi il viso di Bresci... quel volto ovale, pallido e chiuso, che anni prima avevo veduto impresso su tanti giornali.

E la mia preghiera diventò allora più dolce e più quieta.

– Così, brava, così, mi ripeteva la direttrice che non poteva riuscire a comprendere più nulla di quello che accadeva in me. Brava, dì ancora:

"Io ti amo, io ti amo, mio dio; ma tu guidami, ma tu proteggimi".

Ed io, tutta protesa verso il pallido, chiuso volto di Bresci, ripetevo in una mistica adorazione, sostituendo quel suo bel nome breve e sonoro a quello astratto di dio:

"Io ti amo, io ti amo; ma tu guidami, ma tu proteggimi.

E mai supplice implorazione d'amore fu più pura e più ardente di quella.

A BORDO DELLA "PIETRO GORI"

"Senti", mi dissero in quel pomeriggio alcuni amici, "è entrata ieri nel porto la nave Pietro Gori".

Un gran fascio di garofani vivi metteva una macchia rossa fra le mani di uno di essi.

"Noi vi andremo e tu porterai questi fiori e dirai qualche cosa di lui".

Io guardai i compagni ad uno ad uno e non dissi parola. Sorrisi, un poco commossa.

"Non dire di no" riprese un giovanetto esile e biondo, arrossendo leggermente. "Vi è tanto sole e tanto mare".

Io pensavo alle ultime notizie apprese dai giornali.

Ancora delle devastazioni, delle distruzioni, dei morti.

"E la gita sarà piena di poesia. Parlare di Gori sulla nave che porta il suo nome. Non vi pensi, dunque?" aggiunse allegramente un altro.

Io continuavo a guardare, tacendo, quelle giovinezze limpide e serene. Le imaginai spezzate sotto la tempesta e mi sentii soavemente materna.

Nulla ancora aveva turbato il loro spirito; nessuna speranza si era in esse velata. Pareva che camminando fra le tombe, risorgessero più salde, alimentate dal sangue dei morti.

E continuavo a pensare a quelli che erano stati pugnalati nella notte. Dovevano aver tanta sete d'un bacio tenero e buono; dovevano pensare alla tenerezza d'una piccola, cara mano che si poggiasse, dolce e affettuosa, sopra la fronte arsa dal delirio.

Si era verso la metà del 1922. Ancora qualche mese e poi il più puro degli adolescenti nostri avrebbe agonizzato, entro un cerchio di luce, sui selci della piccola città immersa nel lutto.

Si capiva di essere alla fine purtroppo; ma ci si ostinava ancora in quelle disperate "tournèes" senza riposo.

Forse per non sentire l'agonia dell'ora.

Oramai una cosa era ben certa. Una rivoltellata al petto, o una randellata che ti portasse via la testa.

Ma alla vita, chi più pensava alla vita allora?

Ed infatti che valore ha essa quando tutto si spegne in te: quando ogni giorno ti porta il nome di un agonizzante: quando ti volgi indietro e conti un altro caduto: quando ti guardi attorno e vedi un altro viso impallidire: quando un'altra bocca si chiude, e un'altra voce più non risponde alla tua, e tu senti che cammini verso il vuoto e che all'animo, se pur potrà sopravvivere, non resta che bere l'assenzio d'un tormento che tu non conosci?

L'un dopo l'altro balzammo nelle piccole barche che cantarellavano a riva.

Un battere improvviso di remi: una fresca, giovanile risata, e via sullo zaffiro come sulle onde d'un sogno senza nube.

L'Adriatico era in una di quelle sue meravigliose giornate di bellezza, che sanano ogni male ed ammalano di dolcezza ogni pensiero.

A ricordarlo oggi, dopo anni di nebbie e di grigiore del nord, sembra quasi impossibile che il sole possa risplendere d'un nitore così fulgido, e che dal cielo possa discendere una così magnifica cascata di faville azzurre.

La bella nave trepida e ansiosa, ansante amata e sicura che distende all'amore le sue chiome e tutta l'anima sua, rideva ravvolta nell'oro, sorbendo, dell'infinito, l'acre e insidioso profumo.

Gli amici presi dal fascino dell'ora intonarono un canto delle animose lotte d'un tempo.

Non vi era ancora nel palpito delle loro gole quella penosa nota di sofferenza e di nostalgia, che vi ho raccolto più tardi, lungo le solitarie vie dell'esilio.

Non vi era ancora nel tepore dei loro accenti quel tenue velo di pianto che vi ho sentito più tardi, allorchè ognuno di noi se n'è andato spezzato per i sentieri senza ritorno.

Non vi era ancora, nel sorriso luminoso di quei giovani, quell'amara ombra che vi ho veduto qualche anno appresso, allorchè nelle pupille di ognuno di essi si è proiettato lo sguardo fisso d'un morto; allorchè l'animo di ogni fanciullo si è lacerato attraverso i confini, e si è sperduto nella immensa vastità del mondo, dove più nessuno gli ha detto una parola di bene.

Cantavano fra i seni dell'Adriatico tutte le sue sirene.

La città bianca e ridente snodava i suoi veli dentro quella giornata di sogno: vagando essa stessa come sogno lungo le verdi ondulazioni dei colli. Rorida e fresca fra l'abbraccio che non ha fine del cielo e del mare.

Del mare, che in umiltà le sfiorava e le baciava i piedi.

Del cielo, che orgoglioso le metteva sulla fronte un diadema di sole.

Nella sala di aspetto un gran ritratto di Pietro Gori ci accolse con quel suo caratteristico sorriso fatto di tristezze e di lontananze.

La comitiva si fece d'un tratto silenziosa.

Profumo di ricordi?

Malìa che viene da ogni sguardo che si è spento?

Improvviso raccoglimento di spirito davanti a qualcuno, a qualcosa che è parte di noi stessi?

Impossibilità di parlare davanti ad una forza misteriosa, che ti vince e ti fa piegare la fronte?

Io mi ero rifugiata nell'angolo più lontano della sala, tanto male mi faceva il cuore.

E cominciavo a provare una sensazione strana, un sentimento di vergogna per avere le braccia cariche di quei garofani rossi.

Perchè gli avevamo portato dei fiori mentre la terra si copriva di morti?

Perchè eravamo andati verso di lui con anima leggera, mentre avremmo dovuto raccogliere in noi tutto il martirio di quella terribile ora e dire a lui, nella più grande umiltà: Donaci la luce?

Il capitano della nave apparve semplice, sorridente, abbronzato.

Qualcuno pronunciò il mio nome

Ah! sì... vero... io dovevo farmi avanti e parlare.

Parlare? Ma come, ma in che modo se in me tutto piangeva?

Parlare? Ma come, ma in che modo se l'animo mi si era avvinghiato alla carne per chiuderle la bocca, ed evitare che dicesse una sillaba, una sillaba sola di profanazione?

Io sollevai le braccia, e tesi al capitano il gran fascio di fiori. Poi cercai la voce nella gola.

Essa era stretta in un nodo di lacrime. Impossibile poterla liberare da quella mano che la serrava e la imprigionava.

Mi si era cristallizzato dentro, d'improvviso, l'immenso affanno che ci percuoteva da anni.

Quante inutili lotte! Quante amare rinunce! Quanti... come lui, come lui precocemente finiti da una vita di lotte, di prigioni, di esilio...

Ora quel qualcosa che mi pesava nello spirito come nube agghiacciata, si andava pian piano fondendo, e grosse lacrime mi velarono gli occhi.

Comprese la ragione del mio turbamento quel giovane semplice e rude che, di certo, si era preparato ad ascoltare un agghindato discorso di circostanza?

Io penso che forse no.

Egli era abituato a parlare col mare, e spesse volte il mare è più semplice del cuore umano.

Compresero i miei compagni?

Non so. Ma uno di essi, un meridionale, prese il mio posto e parlò a lungo, tanto a lungo che qualcuno cominciò furtivamente a tirargli la giacca perchè si tacesse.

Adesso si ritornava a riva ed il mare si era fatto più chiaro e più quieto.

Pareva avesse messo a tacere i palpiti, e che nel silenzio dormisse.

Anche gli occhi dei miei compagni pareva si fossero lavati nella serenità dell'azzurro.

E le loro voci avevano una inflessione nuova di bontà e di dedizione: quell'inflessione di chi a fior di labbra pronuncia, come in preghiera, un nome dolcemente adorato.

Io non potevo distogliere lo sguardo dal bel nome rilevato a prora: Pietro Gori.

Pareva si animasse, e si ricomponesse, in quel pallido volto che aveva la tristezza delle lontananze inafferrabili.

Ecco... non era più la nave che avrebbe ripreso a solcare tutti i mari.

Era lui, lui che riviveva, che tornava nell'ora in cui tutto crollava, che faceva rifiorire le strade col suo sguardo di poeta.

Quando l'elica si mise a fremere scuotendo tutte le acque, io provai un bisogno imperioso di salutare con un bacio. Non lo feci.

Due sole parole mi vennero alle labbra: In ginocchio.

Non le dissi.

Ebbi timore di non essere compresa.

Ma dal bel nome rilevato a prora venne a me un gran fascio di azzurro:

"No, non si perde quando il suo nome salpa tutti i mari.

"No, non si muore quando i morti, i caduti, gli smarriti, i randagi hanno una fiamma così viva attorno alla quale darsi convegno nella notte senza stelle".

Oggi, dopo tanto scrosciar di tempesta; oggi che ognuno di noi si domanda: E domani?

Oggi che il nostro sguardo si è fatto smisurato per raccogliervi tutta la inquietudine amara, oggi mi riappare a tratti fra le tenebre quel ricordo lontano.

E torna ancora a rischiararmi i pensieri quel fascio di luce.

"Non si perde quando il suo nome bacia tutti i mari.

"Non si muore quando i morti, i caduti, gli esiliati, i randagi hanno una fiamma come questa attorno a cui darsi convegno nella notte senza stelle".

TORCE NELLA NOTTE

V'era nell'aria, quel giorno, cinguettio di ricordi. V'era nei cuori, quel giorno, amarezza d'angoscia.

Io avevo cercato con lo sguardo la larga bandiera nera sulla quale due nomi erano stati tracciati, e mi ero unita agli amici che si stringevano attorno ad essa.

Parigi snodava sotto i baci delle memorie le belle membra lavate dalla pioggia odorosa di Maggio, e là dove più alto era stato l'eroismo e più accanita la lotta pareva che le pietre avessero spremuto, per l'ora della rievocazione, ghirlande di sangue.

Le mani che strinsero le mie ebbero lo stesso calore.

Gli sguardi che si incontrarono col mio ebbero lo stesso pensiero.

Ecco...

I pellegrini randagi, curvi di stanchezza;

I viandanti profondi, assetati di sorgenti;

I cercatori tenaci di palme e di oblio;

I mendicanti luminosi di albe e di sogni, si ritrovavano, ancora una volta, sulla medesima via.

Mentre dentro qualcosa tremava.

Mentre dentro qualcuno piangeva.

Perchè nella profonda oscurità della notte di veglia una voce aveva gridato l'orribile cosa: "Tutto è perduto".

Perchè la campana del dolore aveva, ancora una volta, suonato a stormo, e i suoi rintocchi avevano avvertito prossima l'ora d'una crocifissione nuova.

* * *

Qua e là gli adunati cantavano: qua e là fiorivano, gigantesche rose, le bandiere, e dalle finestre gremite di gente qualche vecchio sorrideva coi dolci occhi sereni.

Pareva che in lui si fosse rifugiata l'anima dell'eroica città d'un giorno, della meravigliosa città, che tutta ravvolta in una nube vermiglia, aveva saputo superbamente morire.

Allorchè la più dolce e la più trasparente delle amanti le aveva baciato la bocca nell'istante del trapasso, e aveva messo il riflesso del sole sopra il volto della morte.

* * *

"Ancora due che salgono il monte del martirio", mi disse qualcuno con la voce piena di tristezza.

"Ma siamo qui tutti noi" rispose un giovanetto forte a cui i venti anni empivano d'avvenire le pupille radiose.

"Viva Sacco e Vanzetti!" gridò un fanciullo esuberante, e agitò un lembo della bandiera guardando fissamente in alto...

...Non so se il cielo grigio che pesava sul nostro capo o la distesa fresca e canora dei suoi magnifici sogni...

"Non vi addolorate, non vi scoraggiate per il nostro destino" essi avevano scritto. "Ci vogliono morti e sia".

Io avevo guardato a lungo la lettera dei due morituri. Non una lacrima, non una esitazione, non una sillaba mal certa.

I due uomini che hanno vissuto da anni a faccia a faccia con la morte si sono sovrumanati si sono sublimati.

Avrebbero potuto impazzire.

Hanno invece saputo trovare nella sapiente capacità dello spirito loro, tutto il perchè vero e vivo della vita.

Avrebbero potuto morire.

Hanno saputo invece ricercare nell'intrico dell'oscurità che non ha più mattino, la sorgente sovrana che rinnova lo spirito.

Avrebbero potuto rinnegare.

Hanno saputo invece serbare per i viventi, dopo i colloqui aspri e freddi con la morte, le parole più belle e più pure dello spirito che si denuda per la tomba.

Quelle che sorgono nel cuore allorchè recisa è la visione dei sogni.

Quelle che sembrano raccolte da una fiorita di rose.

Quelle che sembrano distaccate da una roccia di perle.

* * *

Il corteo si avviava faticosamente verso il Père Lachaise per sostare e disperdersi davanti al "Muro dei Federati".

Io mi sentivo piena di essi.

Io mi sentivo carica di memorie.

Avrei voluto dire, non so precisamente perchè: "Più in alto quella bandiera".

Avrei voluto che tutti vedessero quello che vedevo io.

I loro occhi immersi nella luce intatta dell'immenso.

I loro volti annegati nel silenzio delle alture.

Le loro bocche rinchiuse nel sereno senza nubi, di chi sulla soglia dell'infinito sa di potersene andare tranquillo, perchè ha rischiarato la via a qualcuno, perchè ha gettato nello sguardo di qualcuno il lampo che si è spento nelle pupille sue.

La vita! Che triste, che miserevole cosa è mai la vita!

Piena di rinunce, piena di livori, carica di passioni...

Entro la quale voi, uomini, vi aggirate barcollando, con l'anima ingombra di tenebre, entro la quale voi, uomini, vi trascinate a stento sotto un carico di pesanti umiliazioni.

"Se dovremo morire, noi sapremo morire guardando il nemico negli occhi".

Io avrei voluto distendere le braccia sulla porta della loro prigione.

Io avrei voluto accasciarmi a terra e dire, a nome di tutti, perdono.

Perdono!

Perchè mentre essi baciano il volto della luna;

Perchè mentre essi si purificano nelle braccia delle sere senza amore;

Perchè mentre essi si distendono ogni notte su l'orlo della tomba;

Perchè mentre essi si illuminano nel solo amplesso delle stelle;

Perchè mentre il loro pensiero conflagra con un mare d'azzurro;

Noi cerchiamo ostinatamente la vita;

Noi gettiamo più salde e più profonde le nostre radici nella terra.

Il delitto?

Hanno voluto cercare la via che risplende di mattino.

Hanno voluto guardarc entro tutti i perchè della vita.

Hanno voluto cantare le parole fatte d'atomi d'oro.

"O mia sorella luce, che unisci con i tuoi raggi la terra, il sole, i fiori, le acque, i campi, i cieli, io voglio tessere con fili di giorni e d'armonia una immensa tela d'amore per avvolgere in essa tutti i cuori degli uomini".

* * *

Oh! miei compagni, che spinti e travolti dalla tempesta, alla stessa tempesta rubate il fulgore dei lampi per mantenere vive le pupille radiose;

Oh! miei compagni, che sospinti e dispersi dal vento come una caduta di foglie in autunno, ritornate, quale stormo di rondini, al primo canto di primavera o al primo richiamo di morte;

Levate, oggi, più orgogliosi la fronte.

Perchè questi due uomini, che davanti alla conferma del supplizio, non hanno tremore di labbra sopra lo strazio infinito;

Perchè questi due uomini, che nella piena maturità della vita, sanno guardare freddamente la morte;

Sono due esseri di azzurro e di acciaio che l'anarchia ha espresso nell'attimo travolgente e oblioso in cui, davanti allo sguardo del sole, si è ravvolta nelle chiome della bellezza sublime.

* * *

In ginocchio... giù... giù... col volto fino a terra, davanti a questi due anarchici meravigliosi, espressione vivente del più alto idealismo, voi filosofi senza coscienza e senza fede; voi mistificatori della verità, che cianciate di "spirito puro" mentre siete gli assertori di un'idea fatta dei più bassi, dei più loschi, dei più turpi interessi umani.

E sentite il peso della vostra responsabilità.

E sentite l'onta della vostra menzogna.

E nascondetevi nel nulla.

Giacchè la notte che avete con i predoni creata, non ha più ombre per proteggere le vostre persone.

Imperocchè essa è tutta rischiarata oggi dalla vivida luce di queste due fulgide torce.

Il corteo si fermò davanti al cancello del cimitero.

"Viva Sacco e Vanzetti" gridò la medesima voce.

"Viva Sacco e Vanzetti!" rispose la moltitudine e le bandiere si agitarono in una oscura minaccia.

A me parve che quel grido venisse da tutte le tombe e avesse la potenza e la grandezza de l'eternità.

"Viva Sacco e Vanzetti!"

Io ebbi la certezza che qualcosa dovesse tremare oltre il mare... laggiù, dove fra l'orgoglio dell'oro, il delitto si cova.

Perchè i due nomi venivano gridati da sopra un cumulo di morti, morti caduti fra le braccia della Libertà.

29

E son tante queste rovine umane che... se rimosse un poco... potrebbero rovesciarsi e soffocare i vivi.

CENERI AL VENTO

L'orologio suonò le ore: mezzanotte.

E in quel silenzio penoso misto di ricordi, di ansie e di attese, parvero quei rintocchi singhiozzi d'un cuore vivo, che nel buio e nel vuoto della solitudine getta all'intorno il peso della sua angoscia e la voce della sua passione tormentosa.

Noi trasalimmo in silenzio con la stessa muta e accorata domanda che ci metteva amarezza negli occhi e lacrime nella gola.

"Che faranno? che diranno?"

Poi si tornava a sfogliare i nostri poeti preferiti, a cercare qua e là, fra quella magnifica sorgente di superba creazione qualcuno dei loro versi più suggestivi, qualcuna di quelle ardimentose invocazioni, che si lanciano verso l'alto, fantastiche fiammate di volti umani, imploranti la libera vastità dell'infinito.

"Che faranno? che diranno?"

La domanda ci tremava dentro, ci torturava le labbra, eppure noi non si ardiva pronunciare i due nomi, tanto essi sembravano in alto, circonfusi di bagliore; tanto essi sembravano al di là dell'umano, in una regione di purezza serena, dove tace tutto ciò che è senso e materia, e dove il pensiero diventato immortale, ti fa piegare le ginocchia, e sentire la stolta fatuità della tua vita e della tua afflizione.

Quella stanzetta del sesto piano, rifugiata fra le nubi, dove da anni vivevo in solitudine rotto il cuore dalle amarezze dell'esilio, dove tanti compagni miei erano passati a dirmi la loro più lacerante delusione, pareva fosse diventata parte del nostro respiro: non più qualcosa di inerte e di inanimato; ma qualcuno; ma un vivente dolce e discreto; ma una piccola anima fedele; che palpitava col nostro affanno segreto, e fasciava di tenerezza la nostra fragilità, sospesa fra due infiniti misteri: la terra con le sue tumultuose passioni e quei due volti trasumanati, a rilievo sulla immensità, dal pallore triste della luna e dalla quieta serenità delle altezze riposanti nel vero.

Io m'ero seduta accanto alla finestra ed avevo incrociato le braccia sul davanzale.

Parigi, la città dolce e maliosa, che aveva ridestato in quei giorni tutte le sue eroiche memorie, che aveva fatto sentire, fra il tumulto del mondo, la voce ardente dei suoi poeti ed artisti;

Parigi, quella regina di sfolgorante bellezza, che aveva d'improvviso ripreso il volto macero della umanità straziata, fiera e irruente sulle rovine della bastiglia, miracolosa e invincibile tra il fumo ed il fuoco delle barricate, sdegnosa e mordace sul palco della ghigliottina;

Parigi, quella sirena inghirlandata di stelle, sparse le chiome odorose ai baci di Montmartre, che aveva d'un tratto riacquistato il tragico e solenne volto di Luisa Michel, vegliava adesso lungo le rive pensose e agitate della Senna; palpitava d'ansia e di desiderio sui boulevards larghi e luminosi; brontolava e ringhiava di sdegno nei vicoli sudici e tetri; implorava col canto dei suoi trovatori, e preparava la difesa fra gli archi ed i rifugi, ed i recinti dei giardini; fra i misteri dei sotterranei muti e paurosi; fra le mura delle gendarmerie risuonanti di armi e di voci.

* * *

Da lassù, così dimenticata e sperduta fra quella distesa fantastica di comignoli, di tetti, di cupole secolari e solenni, di guglie capricciose ed ardite, e di tremule luci erranti nella notte, io ascoltavo e raccoglievo, senza nulla perdere di esso, quel travaglioso palpito di terrore, che dalle pupille degli uomini era misteriosamente passato nella materia muta delle morte cose.

Silenzio ed attesa fra le amarezze della terra ed i miraggi del cielo...

A me sembrava alle volte irrealtà di leggenda quell'atroce supplizio, che inchiodato al di là del mare, nella cella fredda e cupa della morte, aveva saputo raggiungere uno splendore così terso da mandare luce su tutta la terra.

A me sembrava alle volte d'essere stata trasportata fra limpide fantasie di cristallo, tanto era al di sopra della possibilità umana quello sguardo impassibile ed immobile davanti alla bocca mostruosa della morte, che si era proiettata da anni sul volto dei reclusi invincibili.

Chè basta il sordo respiro d'un segreto dolore per curvare un uomo valido e sano, e plasmargli, in qualche tempo, un viso di rughe e di angoscia.

Chè basta la morte d'un figlio adorato per ottenebrare la mente della madre, inchiodata come fantasma senza tregua, fra le memorie dello scomparso.

Chè basta una grave delusione d'amore per spezzare l'esistenza d'una donna, e mettere il colore della stanchezza e del tramonto su quelle pupille che già avevano brillato di sole, e mettere lo smarrimento e il desiderio della tomba su quelle labbra belle, che avevano preso e dato il sapore voluttuoso della vita.

Chè basta alle volte un amaro ricordo, una profonda emozione, un palpito affrettato, un momento di dubbio, la visione d'una notte fosca, la incertezza d'un ignoto domani, l'indagine stessa di questo mistero da cui scaturiamo per turbare, e spesse volte senza più rimedio, l'armonia fisica e spirituale di questo essere nostro così fragile e così indifeso fra le burrasche e le tempeste della vita.

Ma essi; ma essi... questi due anarchici invitti e tenaci, che hanno saputo scuotere le fibre inerti d'una generazione vivente del più codardo e volgare e ignobile materialismo, con che cosa, dunque, erano stati plasmati, con lo scalpello di quale possente scultore erano stati scolpiti, col respiro di quale mare divino erano stati animati, se dopo sette anni di veglie accanto al fiato grosso della morte; se dopo sette, interminabili anni di estenuanti alternative fra la vita e la tomba, di scadenze crudeli e di diaboliche sospensioni, di sataniche torture fra illusioni date e speranze ritolte, erano riusciti ad arrivare in tutto l'equilibrio perfetto del cuore e della mente all'ultima tragica sosta? E vi erano giunti senza che mai le loro labbra avessero pronunciato la tanto attesa parola di viltà o di rinuncia, che avrebbe potuto salvarli; senza che mai le loro ginocchia, questo punto debole della umanità che cede in virtù dell'amore o in virtù del dolore, avessero vacillato, o li avessero traditi, sia pure per un istante solo?

* * *

La notte si era fatta più cupa e raccolta, e se ne andava fra le ali del silenzio, con piedi leggeri, a salutare il mattino.

Tristezze e agonia... dolore e speranze fra le passioni degli uomini e la quieta serenità degli astri lontani, che mani invisibili andavano pian piano ravvolgendo fra le pieghe del cielo...

E sul mondo che ammirato era caduto in ginocchio, pareva sventolare a tratti, a risposta dei miei segreti pensieri, muta e solenne, l'ombra della nostra bandiera.

* * *

La vita, questo sogno malioso che ci dà il più amaro dei risvegli;

La vita, questa canzone suadente che ci lascia nel buio più profondo;

La vita, questa mano infedele che ci abbandona soli, a brancolare da ciechi fra le onde minacciose;

La vita, questa impenetrabile sfinge che muta in un attimo il suo volto, e resta chiusa e impassibile a guardare trasognata l'angoscia insanabile del nostro tormento;

La vita, questa fatua e vaporosa chimera che ci ferisce col suo atroce sarcasmo quando le nostre spalle si piegano e la nostra testa si imbianca;

Essi, i due purissimi eroi avevano saputo vincere e umiliare, preferendole, senza ombra di sgomento e di terrore, il martirio fecondo, il martirio luminoso che rischiara le tenebre e dona l'eternità del mattino.

Quel "buona sera, signori", che diranno le labbra di Sacco prima di chiudersi per sempre, non sarà solo l'espressione dello spirito che diventato perfezione si è diffuso in trasparente pallore sui fremiti della carne; ma sarà il saluto del fanciulletto leggiadro, che solo, in cerca d'un lavoro e d'un pane, è tutto nascosto nell'angolo più remoto del bastimento, col visetto gonfio di pianto sulla bisaccia sdrucita, ricolma di poveri cenci.

Ma sarà il ricordo del giovanetto serio e taciturno, che curvo ogni giorno sul penoso lavoro, ha negli occhi il sorriso ed il pianto della madre lontana, mentre la città festosa di danze passa, fra nuvole d'oro, al di là delle inferriate del duro opificio.

* * *

Albeggiava lentamente.

La bella città che si era assopita per qualche ora, riapriva i grandi occhi pieni di visioni, e cominciava a palpitare qua e là nei centri affollati del lavoro.

I miei amici avevano chiuso i libri e si erano accostati alla finestra.

Io non osavo levare gli occhi verso di essi, tanto mi faceva male l'angoscia che riempiva il loro sguardo, ed essi non ardivano parlare, tanto erano spezzati dall'emozione, ora che bisognava prepararsi all'ultima realtà.

Erano liberi, alfine; erano felici fra le braccia degli amici in delirio?

Oppure, cinicamente sorda all'implorazione di tutto il mondo, l'orribile macchina aveva scaricato la mortale corrente?

Qualcuno mi poggiò le mani sulle spalle. "Coraggio" sentii dire a mezza voce.

Poi qualche altro aggiunse non so che cosa; ma io sapevo che bisognava uscire, per andare alla ricerca delle ultime notizie...

Che male, che male, che ferita lacerante quella tremenda parola raccolta dal telefono:
Exècutès!

A tastoni, brancolando, avanzando come fanno i ciechi, io rifeci la strada, senza più nulla
vedere oltre quella terribile parola scritta col sangue, che diventava più grande, sempre
più grande, smisurata, fra la terra ed il cielo.

Oh! amici, miei cari amici, sbiancati da quella notte senza quiete, rotti dall'angoscia,
chiusi, muti sopra quello strazio desolato, io non so, io non ricordo come vi dissi l'orribile
cosa!...

Allora un brontolìo sordo e sinistro che parve pian piano diventare ruggito, passò dall'uno
all'altro capo del mondo, e Parigi si avventò per tre giorni contro l'irreparabile misfatto,
mise a soqquadro le piazze e le vie e parve che le ombre dei suoi morti gloriosi, dritte
sulla cima delle barricate gridassero vendetta!

Ed io, risollevata per un istante da quello sdegno universale, ebbi ancora l'ingannevole
illusione di credere che stessero per avverarsi le parole di David:

"Allora la terra fu scossa e tremò. I fondamenti dei suoi monti furono smossi e scrollati.
E il cielo diè fuori la sua voce con gragnuoli e con carboni accesi. E avventò le sue saette
e disperse i nemici; lanciò folgori in gran numero, e li mise in rotta".

OTTORINO MANNI

Senigallia! Azzurro, quiete e sereno; riposanti vie solitarie; case isolate e raccolte; qualche balcone occhieggiante qua e là coi suoi gerani trepidi e odorosi. E su tutto quel sereno un pulviscolo impalpabile d'oro; e attorno a quel silenzio le braccia del gran mare limpido e trasparente, e le ali fantastiche delle barche pescherecce, paranzelle rosse, turchine e arancioni, disperse, veli di sogno, fra le profonde e luminose immensità del cielo e del mare.

La conferenza avrebbe avuto luogo l'indomani: io avrei potuto perciò bighellonare un poco: deliziosamente flaner fra quella quietudine dolce: ricercare piccoli rifugi di ombre e di frescure: respirare quella brezza dal sapore e dal profumo di salmastro: dimenticare le nebbie e il grigiore ed il frastuono dell'assordante e soffocante città lombarda: chiudere indisturbata gli occhi: rifarmi un volto, rifarmi un'anima: rimettere speranza e sole nello sguardo e nella parola: rimettere azzurro e sereno nel pensiero e nello spirito, là dove le nebbie del cielo e della vita avevano sbiadite le tinte, raffreddati gli slanci, attenuati gli entusiasmi e le bellezze.

Come felice, come felice di potermi attardare da sola, da tutta sola a rievocare il passato attorno al busto di Pio nono, e vedere delinearsi sul biancore del marmo due teste insanguinate: Monti e Tognetti.

Deh prete, non sia ver che dal tuo nero

Antro niun salvo a l'aure pure uscì;

Polifemo cristian, deh non sia vero

Che tu nudri la morte in trenta dì!

Più tardi, durante gli anni della sventura, dell'isolamento e dell'esilio, in un abbaino della vecchia Parigi, disperso fra comignoli neri, così lontano dal mondo, così vicino alle stelle, alcuni dei miei più cari amici ed io avremmo ripetuto in un'altra, – oh quanto torturante giornata! – in nome di due nostri indimenticabili eroi, le stesse accorate parole, e nell'attesa ansiosa e febbrile delle ultime notizie venenti dal di là del mare, avremmo ricercato un poco di quiete, un poco di conforto al nostro dolore, nella lettura di quell'ardente lirica appassionata:

... Due tu spegnesti; e a la chiamata pronti

Son mille, ancor più mille.

I nostri padiglion splendon su i monti,

Ne' piani e per le ville...

* * *

Appena Ottorino Manni m'intravide fra il gruppo dei compagni, ebbe un sorriso di gioia improvvisa, e mi chiamò con una inflessione così affettuosa di voce con cui mai nessuna, credo, mi ha chiamata delle persone che mi hanno voluto pur tanto bene.

"E vedi", subito soggiunse, "avevo tanto, tanto desiderio di conoscerti; ma non posso, purtroppo, stringerti le mani: tu mi devi scusare".

Io mi sentii assai male a quelle parole, ed avrei voluto baciare pietosamente, affettuosamente quel troncone deforme di mano – la sola che gli restasse – avrei voluto dire a quel caro infelice, a quel dolce mutilato, una buona, una tenera parola; ma le mie

35

labbra rimasero sigillate sulla commozione che mi aveva fatto tremare, e non seppi che guardarlo e rispondergli con un solo e fraterno sorriso.

Egli era là, ravvolto in una coperta grigia che nascondeva le terribili amputazioni sofferte; era là, inchiodato nella dura sedia, pazientemente adattata alle deformità del suo corpo: era là, davanti ad un modesto tavolo ingombro di carte, di note e di libri. Di quei suoi libri preferiti che non lo avevano abbandonato un momento solo; che gli avevano dovuto dire cose profonde, sublimi e divinatrici; ai quali egli non aveva di certo potuto nascondere le sue lacrime desolate, ai quali egli aveva dovuto confidare le più strazianti intimità del suo essere; quelle di cui non trovo traccia alcuna nel suo libro: "La mia vita"; quelle che non avrà potuto purtroppo neppure confidare al vigile e fedele cuore materno.

Era là, e di lui non vi colpiva che il sorriso tenero e affettuoso, e di lui non si rimarcava che la bella testa di pensatore e di asceta. Il dolore aveva affinato i tratti del suo volto, aveva messo un pallido riflesso di luna nel suo buon sorriso fatto di comprensione, di coraggio e di dolcezza; aveva reso il suo sguardo rassegnato, aperto e profondo.

Non un accenno alle sue infermità; non un ricordo su tutto ciò che aveva sofferto; non una parola mi disse su quanto di certo avrebbe ancora penato; ma solo volle dirmi, ed a più riprese, la grande gioia d'essere accanto ai suoi compagni, l'infinita sodisfazione di poter essere anche lui alla conferenza l'indomani. "Mi porterete, non è vero?" aveva domandato sottovoce ad alcuni suoi intimi amici. "Sono diciotto anni che non esco più di casa; ma domani non vorrei mancare, e voi che siete sempre stati così buoni verso di me, voi mi porterete... sulle vostre braccia... non è vero?"

Io guardavo meravigliata quella mesta tranquillità: quel miracolo di coraggio e di resistenza; e cercavo di cogliere; ma invano, nel mistero di quello sguardo, un'espressione di segreta amarezza, di occulta disperazione, che tradisse l'angoscia di tante ferite nascoste; cercavo di penetrare il fondo di quell'animo per strappargli il segreto di quella saggezza, di quell'aspetto così rassegnato: raggio di sole che illuminava tante rovine e tanta desolazione.

Pace e calma in lui e attorno a lui: pace e calma nei cari volti famigliari chini premurosi e vigili su di lui.

Dove era il ricordo, dove erano le tracce di tante notti di febbre e di delirio, di tanti spasimi ed incubi sofferti?

Dove era quella sensazione di peso e di sventura, di lutto e di oppressione; quel tanfo di droghe e di chiuso che si avverte d'un subito allorchè si entra nella stanza desolata d'un infermo?

Calma e pace attorno a lui. Sole, aria e silenzio attorno alla tortura della sua anima che si era rifugiata, per dimenticare le sofferenze della materia, fra il chiarore limpido delle vette, e che si era dissetata, per poter resistere e vivere, della loro purezza immota ed intatta.

Pace, calma e serenità attorno a lui. Egli si era chiuso sull'altezza incontaminata d'un sublime pensiero. Aveva sorbito da due occhi immensi e magnetici, quelli dell'ideale anarchico, le miracolose risorse della sua vita interiore.

* * *

Quando nel gran teatro così pieno di gente, di bandiere e di fiori, – quali altri giorni, quali altri tempi allora! – egli apparve disteso nella carrozzina che i compagni avevano pian piano sospinta sul proscenio, tutti gli astanti scattarono improvvisamente in piedi, e gli tributarono il più ardente, il più spontaneo, il più entusiastico omaggio di affetto, di simpatia e di stima. Senigallia generosa e gentile, che ben sapeva la tragedia e il supplizio di quel tronco d'uomo disfatto e martoriato, volle dirgli tutta la sua ammirazione per quello strazio stoicamente vissuto, e volle sentire una parola, almeno una parola sola, da quelle labbra che avevano fino allora parlato unicamente alle oscurità delle notti, alle altezze del cielo, alle profondità sconfinate del dolore.

"O giovani", egli disse, "che godete buona salute", – come da lontano veniva quel sottilissimo filo di voce – "o voi tutti, che vi trovate in condizioni fisiche normali, sappiate apprezzare il bene inestimabile della vita, e non sprecatela nell'ozio, e non l'avvilite nel vizio; ma migliorandovi con l'educazione e l'istruzione, cercate di renderla sempre più degna di voi e soprattutto servitevene per ispargere all'intorno il bene e la luce".

E non gli fu possibile proseguire, tanto la sua voce era rotta dall'emozione, e la sua bocca scolorata, ed il suo sguardo divorato dall'ansia.

Io ripensai le parole di Victor Hugo: "I commossi sono i buoni, i commossi sono i grandi. Ogni martire è stato commosso: l'emozione lo ha reso impassibile. Le grandi fermezze derivano dal pianto".

Ma poi nel riguardare quel suo volto emaciato, tutto bagnato di lacrime, io ricordo che ne tremai, perchè temetti che egli fosse venuto a morire là, fra le braccia dei suoi compagni, accanto alla bandiera nera che sventolava al nostro fianco, fra lo scintillio dei candelabri ed il saluto entusiastico di Senigallia operosa e gentile.

Ma più tardi ho avuto occasione di pensare e di riflettere che sarebbe stato meglio così per lui.

Chiudere gli occhi in quel giorno "il più bel giorno della mia vita" egli mi aveva confidato; chiudere gli occhi per sempre... prima di rincontrarsi con la più desolante delle sventure; prima che la morte gli portasse via la sua mamma buona e adorata; prima di ritrovarsi più solo di Cristo nell'orto degli olivi.

BRACIERE ARDENTE

Vogliamo fare una Rivista mensile, Virgilia? mi dissero quella sera alcuni amici.

Una Rivista bella, ampia, luminosa.

Che dica un poco della nostra angoscia.

Che sia la risonanza di questa giornata di dolore.

Che sia la eco di tutte le nostre voci.

Tristi voci che si chiamano da sentiero a sentiero, da colle a colle, da monte a monte, prima di disperdersi nelle vallate profonde.

Che sia il volto e l'anima e il saluto di tutti i nostri fratelli smarriti.

Ora che ognuno se ne va da solo attraverso la bufera, gettato nel rischio di quei vortici dallo stesso destino.

Ora che ognuno ha lasciato dietro di sè la sua prima esistenza e l'ha composta, con la gola serrata, dentro una piccola fossa.

Ora che ognuno ascolta, con occhi vitrei, l'altra persona che dentro gli vive e gli soffre.

Ora che ognuno se ne va verso l'ignoto e ha sotto i piedi il vuoto, e attorno il silenzio ed il gelo, e dentro il dubbio ed il forse.

Quella sera i miei compagni erano dolcemente poeti:

Io li guardai l'un dopo l'altro e pensai, per essi, le parole di Victor Hugo: "Poeti, animi dolci e splendidi, fascinati d'ombra e d'azzurro, che le donne, i fanciulli e gli amanti ascoltano trasalendo e che, misteriosi cantori, camminano davanti a tutti, rischiarando la via agli incerti e ai dubbiosi".

E li lasciai proseguire.

Una Rivista agile, fresca, sorridente come il nostro Ideale.

Dove il fanciullo vi trovi un poco della sua primavera... Il cielo è sempre così grigio quassù!...

Dove l'uomo logorato e vinto dalle asperità del cammino vi ritrovi il riposo e l'ombra dei palmizi.

Dove la donna senza una casa e senza un figlio vi trovi un angolo di sogno e di verde pel suo amaro ed inquieto tramonto.

V'era della commozione nella voce dei miei compagni quella sera.

Forse perchè le ultime notizie di laggiù avevano riaperto in essi tutte le sorgenti della malinconia, del dolore, dello sdegno?

Forse perchè il Natale già passava nell'aria recante il ricordo del paese lontano, sepolto fra le nevi, e la rimembranza di quel nostro cuore d'allora, tutto fresco dell'oro mattinale, tutto carico di bocci di rose?

Forse perchè la piccola orchestra andava eseguendo una strana rapsodia ungherese raccolta dal tormento dei nomadi, dal mistero degli zingari?

Forse perchè i frequentatori del piccolo caffè pieno di fumo, profughi venenti dalla Russia, dalla Polonia, dall'Ungheria; uomini senza nome, uomini senza rifugio, uomini senza un sicuro domani; miseri avanzi di terribili naufragi, rifiuti sociali gettati sdegnosamente a riva, avevano gli stessi occhi nostri, lo stesso nostro pallore sul viso emaciato?

Io non so.

Ma certo l'animo dei miei compagni bruciava quella sera.

Ma certo il violino suonava quella sera con la tastiera del nostro cuore.

* * *

Ed io vi rividi tutti, ad uno ad uno, o miei compagni di questa dolente giornata, così come spesso io vi ho veduto, attraverso le vie delle città rumorose, senza affetti per voi; attraverso lo squallore delle campagne piene di nebbia, senza voci per voi; attraverso il cammino di questa notte che sembra non avere più giorno per voi.

Occhi assenti e lontani, nei quali si è raccolta tutta la vita che muore nell'essere.

Occhi che portano in giro per il mondo la lacerante profondità delle tenebre.

Occhi che non hanno più fondo tanto immensa è diventata l'anima che li esprime.

Occhi che non hanno più misura tanto in alto è salito lo spirito che li accende.

* * *

Il violino singhiozzava fra quei pallidi visi che vivevano adesso nel grembo delle memorie.

Ecco. La più umana, la più vasta, la più passionale creatura di Mascagni lacera d'un tratto lo spirito di questi uomini forti, che hanno deposto il duro volto di ogni giorno e si son lasciati ravvolgere dalla tenerezza del passato.

Ecco l'invocazione a Turiddu, la suprema invocazione che ha perduto ogni speranza.

No... non è Santuzza che piange, non è Santuzza che piega il suo florido corpo sotto il suo amore a rifascio.

È lo strazio pungente, assillante del fanciullo nostro che è stato gittato, come lurido ingombro, al di là del confine.

È la lacerante sofferenza del giovanetto nostro a cui hanno tolto la madre e la casa e che si è ridestato sul selciato con l'anima spenta e con la carne ammalata, e che ha ripreso mal certo il cammino dopo aver raccolto sulle braccia i suoi poveri venti anni spezzati.

È l'atroce, infinito sconforto della donna nostra a cui l'ambascia della sventura vissuta ha dato un'altra voce, ha dato un altro respiro.

Ha battuto dentro i suoi terribili colpi di martello, ed essa ne è uscita col volto misticamente tramutato.

Non è più lei.

È il compagno pugnalato al suo fianco, che guarda i muti e ostili occhi degli uomini da dentro le pupille di lei.

È il figliuolo crivellato davanti al suo sguardo, che si è disteso, nello spasimo dell'agonia, su tutto il corpo della madre, ed ha lasciato su quella carne dolorante le impronte delle sue larghe ferite.

È l'appello disperato alla vita, alla liberazione di tutto un popolo che soffre l'onta dell'oltraggio, lo staffile delle beffe più atroci, il riso sguaiato delle maschere più oscene, la danza macabra sopra la sua esistenza flagellata, il carnasciale orgiastico e ributtante sopra i resti del suo passato e delle sue memorie.

* * *

Ed io vi rividi tutti ad uno, ad uno, o miei compagni di questa fosca giornata d'attesa, così come spesso io vi ho veduto attraverso tutte le contrade e le vie, e i sentieri, così muti e così deserti per voi!

Visi scarni, severi e nervosi che dicono, senza parole, la flagellazione sofferta, la morte scampata, il dramma bevuto col pianto, il maglio che ha compresso lo spirito fino all'ultimo gancio, il rantolo dell'agonia, la insonnia dei vivi fra le tombe, la inquietudine delle tombe fra i vivi.

E in voi, che ve ne andate tutti soli per le immensità dei deserti;

E in voi, che avete ridato movimento al ritmo della vita seppellendovi nelle più profonde miniere;

E in voi, che siete rientrati tra i vivi uccidendovi negli affannosi cantieri;

E in voi, che avete ridato acqua e sole alle disseccate vostre radici bruciandovi all'afa dei porti;

E in voi, che siete rimasti inchiodati alla colonna dove foste colpiti;

E in voi, che più non cercate e più non sentite altro motivo di richiamo e d'amore;

A me parve di vedere, quella sera, dei Veglianti fedeli e sublimi in attesa del giorno.

Attorno ad un braciere ardente fra le braccia immense della notte più buia.

Per essere desti alla prima alba domani.

Per essere in piedi al primo rintocco domani.

Per rispondere ad alta voce al primo cenno domani.

* * *

E quegli che oggi è il più infelice ed ignoto sarà di certo il più invincibile nella lotta.

E quegli che ha dentro la ferita più profonda sarà di sicuro il più fiammante fra gli insorti.

E quegli che ha bevuto l'assenzio più amaro sarà senza dubbio il gran mito dell'ora.

* * *

Qualcuno piange attorno a questo improvviso e veemente rovescio di ricordi.

Bene... così.

È la vita che risorge.

Perchè il pianto non è ristagno o palude; ma è vena limpida e tersa d'acqua sorgiva, che risana e riprofuma i margini lacerati dell'essere.

Qualcuno si attarda a guardare, con occhi fissi e larghi, questo campo di ruine.

Bene... così.

È la speranza che rifiorisce.

Perchè le ruine non sono l'espressione del nulla; ma sono le miracolose e divine animatrici della vita.

* * *

Il violino aveva dolcemente rallentato i lacci del suo spasimo per prepararsi a morire.

Io sollevai lo sguardo e vidi passare negli occhi dei miei compagni il paese montano tutto suonante d'acque e di canti, tutto ravvolto di boschi.

Il figliuolo fresco e ridente, cespite meraviglioso di sogni.

Il volto della madre fatto di rughe e di pianto.

La dolce fanciulla seduta sulla sponda della fontana, nell'ora del vespro, per domandare alle selve il ritorno di lui.

Riposo e purezza...

Quietudine e pace...

L'orchestra era discesa, lieve come un'ombra, tra i veli del silenzio e dell'oblio.

Aveva fatto sentire tutta la vibrazione impetuosa ed umana dell'amore.

Aveva raccolto in una travolgente tempesta di desiderio tutti gli accenti più febbrili e spasimanti del sangue. Poi da quel groviglio di passionale sensualità era scaturito d'improvviso un magnifico volo di purezza nel leggiadro: "Fior di Giaggiolo".

Cascata di rose...

Cascata di stelle...

Volata di sogni...

Tutto, tutto il nostro grande, immenso dolore si è distaccato da noi, si è liberato dalla materia; si è rifugiato sui vertici, si è fuso con l'azzurro.

È diventato il canto supremo.

È diventato l'abisso profondo.

È diventato la montagna di luce che ha rovesciato le tenebre.

L'ALTA "TRIBUNA" DELLA SENNA

Festoso, chiaro, garrulo e giovanile il Boulevard di Saint Michel si snoda nel cuore del vecchio quartiere latino, là dove poeti, pittori, musicisti, studenti e bohèmiens si danno convegno nelle piccole stanze del sesto piano, negli storici caffè carichi di nomi, di memorie e di sogni, nelle straducce silenziose piene di ombre e di glorie lontane, a fianco della fontana di Maria dei Medici, dove fiori, edera e sole inghirlandano le speranze, le illusioni e la miseria di quella esuberante e spensierata giovinezza.

Giovinezza fantastica e radiosa che mentre sogna gloria ed alloro, tàcita i crampi dello stomaco rosicchiando una mezza dozzina di croissants e dà pace ai palpiti del desiderio nel sorriso birichino d'una bionda, piccola poupèe, che si rifa ogni sera una bellezza nuova, con le minuscole matite, ed i leggiadri colori, ed i piumini leggeri di fata, ed i graines de beaute'.. piccoli nei che emigrano deliziosamente da una parte all'altra del fresco visetto, con la più disinvolta e veloce e noncurante volubilità delle cose.

A sinistra le ambulanti esposizioni di pittori dalla fantasia fervida e ricca, e dalle tasche sdrucite, povere e vuote: a destra giovani e laceri poeti che vendono ad un pubblico compiacente, indulgente e benevolo i loro primi canti esuberanti e battaglieri: più in là, nella sua pittoresca giubba medioevale, il trovatore de les oubliettes rouges, rimotivante la vecchia canzone francese, che ieri sera ha mandato in visibilio i frequentatori della sua boite, piccolo caffè nascosto nell'intrigo d'un sotterraneo umido e nero.

Piccolo caffè dove la fantasia di questi goliardi ha voluto vedere una delle dimore di Dante, e dove un busto dell'esule immortale eretto da essi, guarda attorno accigliato ed arcigno, quasi volesse ancora dirci, rilegato come è, in quell'antro senza luce

Come sa di sale lo pane altrui
E come è duro calle
Lo scendere e il salir per l'altrui scale.

E su questi albori, su questi tramonti, su tutte queste aspirazioni, su tante gioie e lotte segrete, le massicce colonne del Pantheon: l'azzurra cupola della Sorbonne: le snelle, alte ogivali di Notre Dame e de la Sainte Chapelle – rifugio di bellezze – le più eteree, le più eccelse espressioni d'una arte che si è inabissata nell'oblio dopo aver plasmato queste creature di inarrivabile perfezione: e in fondo, a sinistra, la larga, austera scalinata delle Assisi della Senna, dove par si aggirino ancora, rimontanti dalle acque dello storico fiume, le ombre d'un passato che diè "col sangue a la ruota il movimento". Danton, Robespierre, Demouslin, Madame Rolland, Carlotta Corday, Chenier, Maria Antonietta... ed altri, ed altri ancora... avviantisi verso la ghigliottina a testa alta, fiera e sdegnosa.

Per gli uni è la morte l'apoteosi della loro idea; e incedono verso di essa cantando.

Per gli altri è la morte la distruzione della loro tirannia: ma non vogliono umiliarsi: nè dire motto di ravvedimento o di rinuncia.

Par che magnetizzati anche essi da quella miracolosa atmosfera di eroismo, marcino verso il patibolo, muti, pallidi, alteri, quasi incedessero ancora verso i gradini del trono.

Ed oggi, mentre vilissimi gazzettieri protestano contro il verdetto che non ha consegnato alle loro mani adunche e rapaci la testa di Sergio di Modugno, io rivedo quella scalinata larga ed austera, quei corridoi palpitanti di attese, di ansie e di emozioni; brulicanti di avvocati e di clienti; quell'aula alta e solenne, rigurgitante di pubblico commosso, ansioso e febbrile; quel banco dirimpetto alla giuria, dove dei grandi fanciulli nostri hanno preso posto, calmi e sereni, ed hanno, con le mani strette dai ferri, e con la gola strozzata dal dolore, detto con voce sicura, in una lingua che non era la loro: "Io ho ucciso; ma io accuso".

Ecco là, Mario Castagna, esile, biondo, emaciato, attorno a cui già palpita ed ansima un destino insidioso, che dovrà sopprimerlo un giorno nella stretta feroce dei suoi tentacoli spietati e crudeli. Eccolo là: le spalle leggermente piegate per il male che le assottiglia; ma lo sguardo grigio, fermo e sicuro che non teme condanna e che si intenerisce solo quando qualcuno ricorda la vecchia madre morta laggiù, tutta sola, tutta povera nel paese dell'onta e del terrore.

Ecco là, Bonomini, bruno, ardente, inflessibile, che rivendica con orgoglio e con passione il gesto compiuto; che non trema davanti all'ombra della morte vagante a tratti sui banchi dei giurati; che dice lo scempio che è stato fatto dei suoi affetti, delle sue aspirazioni, del suo vecchio e buon maestro, così grande e così giusto – e qui la voce gli trema – dell'uomo venerando e canuto che per la prima volta gli ha fatto sentire calde parole di rivolta contro l'oppressione e l'ingiustizia.

Ad uno, ad uno vengono introdotti operai modesti e silenziosi che si guardano attorno tristi e smarriti. È un uomo a cui è stato strappato un occhio. È un giovane a cui è stato spezzato un braccio. È un vecchio padre di famiglia che ha avuto la mascella sfigurata da una randellata. È una donna che singhiozza senza poter raccontare il suo atroce martirio. È un fanciullo che non ha più nessuno, e che se ne va solo attraverso l'immensità del mondo.

Contro i giurati scettici e freddi, contro le proteste del presidente, batte a ondate l'immenso spasimo che cigola e turbina fra le mura di marmo e par voglia farle singhiozzare come singhiozzano di dentro questi infelici proscritti.

Poi il silenzio diventa profondo: poi gli uomini della legge curvano la testa per rispetto e commozione chè, ancora una volta, come da tanti e tanti anni, ancora una volta, e sarà l'ultima, purtroppo, Madame Severine è là, accanto all'accusato, per stringergli la mano e dargli sollievo e coraggio, e dirgli, con quel suo dolcissimo filo di voce, la sua sofferenza e la sua solidarietà.

Più tardi è Sante Pollastro che porta alla sbarra la sua parola breve e indomabile.

Questa volta i pavidi e tenerelli cuori han preso il largo: la sala rigurgita di eleganti parigine che, accorse a tremare davanti al "terribile bandito italiano", restano deluse e perplesse, tanto egli è calmo, forte e sereno.

Ha combattuto faccia a faccia col nemico ha risposto con la violenza alla sua violenza sanguinaria: ha opposto a quel feroce terrore la rivoltosa forza dei suoi muscoli e la bocca della sua rivoltella, che non fallisce colpo. Può essere, dunque, lieto e tranquillo: perciò non batte ciglio, nè dice parola, nè muta colore, al verdetto inumano che lo manda ai lavori forzati.

In ultimo è la volta di Sergio di Modugno, il giovane pugliese fatto di febbre e di amore, che dal banco degli accusati si eleva accusatore implacabile e getta ai vicini e ai lontani il suo monito breve e tagliente: "Attaccare il fascismo significa difendere il presente e l'avvenire dell'umanità".

E sul frastuono di tutte queste passioni, sulle ansie di tanti spiriti tesi, la voce baritonale di "Maitre" Torres, pallido, enorme, tuona e gronda e tempesta.

È la requisitoria nuda, scheletrica, schiacciante contro un sistema abbietto e ripugnante di violenza e di ignominia. Non parole: non imagini non volate oratorie, ma prove: ma date: ma nomi.

* * *

È da lontano, da molto lontano oggi, che io rivedo, attraverso la memoria, quella cancellata di ferro battuto, quell'edificio raccolto ed austero, da dove, solo in virtù di qualche eroico colpo di rivoltella, solo in virtù di questi magnifici gesti di rivolta individuale, si è potuto incominciare il processo al fascismo, e il mondo intero ha potuto ascoltare atterrito gli orrendi misfatti e gli atroci delitti d'un pugno di felloni esecrabili e criminali.

È da lontano, da tanto lontano oggi, che io rivedo quell'aula palpitante di ansie e di attese da dove, accanto alle ombre della "Conciergerie" fra le suggestive memorie di tante glorie rivoluzionarie, fra la eco che mai non tace d'un meraviglioso passato, le Assisi della Senna sono diventate la possente e poderosa tribuna di rivelazioni, di accusa, di biasimo, di denuncia, di condanna d'un ignobile regime basato sui moschetti, sui teschi e sui pugnali.

È da lontano, è da oltre i mari, mentre riprendo la mia vita randagia attraverso nuove terre, attraverso nuove sofferenze, che io rivedo quell'intrigo di corridoi, quella misteriosa fuga di aule severe, tutto quell'edificio solenne dove, talvolta, m'è sembrato sentire odor di fiamme, odor di polvere; dove, talora, m'è sembrato vedere in quei nostri generosi ribelli, l'angelo divino e vendicatore dell'Apocalisse.

"Perciocchè i suoi peccati sono giunti l'un dopo l'altro infino al cielo.

"Rendetele il cambio al pari di ciò ch'ella vi ha fatto:

"Anzi rendetele secondo le sue opere al doppio:

"Nella coppa nella quale ella ha mesciuto per voi, mescetele il doppio".

E così sia!

TAPPE IN CATENE

Un'atmosfera di nubi e di sangue: un silenzio colante dal palpito sospeso d'una moltitudine: un vagare di fantasmi e di memorie: una eco lontana ed eroica di voci passate; e Lui, su quell'affannosa ondata di uomini, di pensieri, di sentimenti e di cose: lui, Sante Pollastro, tranquillo, sereno, sprezzante e un poco beffardo.

Io ripensai, guardandolo, all'aquila ardita e selvaggia, che tolta dalla solitudine delle rupi e dall'altezza dei vertici smisurati, si rifugia nell'angolo più elevato della prigione dove l'hanno rinchiusa, e getta sguardi di sovrano disdegno ai passanti ed ai curiosi che si accalcano e si pigiano attorno alle sbarre della gabbia maledetta.

La profonda, insanabile e spaventosa tragedia nostra, che aveva di nuovo quel giorno forzate le porte dell'aula carica di drammi e di passato, andava e veniva con soffi ed impeti di minaccia da un corridoio all'altro; saliva accigliata e brontolante le fredde e disadorne scalinate di marmo; sgusciava ombra livida e implacata da uscio ad uscio; serpeggiava, fiamma lenta ed occulta negli angoli oscuri e remoti; si avvinghiava alle spalle di ognuno, perchè le si guardassero quei suoi grandi occhi dilatati dal terrore, cerchiati dalla commozione delle attese snervanti; si accovacciava sul cuore di tutti, perchè si comprendesse quella sua sofferenza che a tratti pareva soffocarle la voce, tanto essa era sorda, insidiosa e insistente.

* * *

Nubi, nebbia e navigli ancorati sulle acque buie e pigre della Senna, grave di tempo, di ombre e di pensieri.

E fra quelle mura inflessibili e mute, pur cementate di lacrime e di angoscie, un'ondata possente della vasta ed eterna ed inquieta tempesta sociale.

Rassegnazione di vili e rinuncia di deboli; incomprensione di ciechi e fatuità di spiriti leggeri; brontolio di sdegni e animosità di rancori; audaci rivolte miracolose e caligine densa; minaccia di mare che si sommuove, e la folgore che si avventa a schiantare l'oscurità delittuosa.

E su tutta quella lotta immensa, smisurata, fra le signore fragranti di carne e di piacere, che avranno per l'occasione messo al collo il più prezioso dei monili e rifatta una bocca piccola, umida e corallina, col più sapiente dei carmini; fra i giornalisti flessibili, anguilleschi e mutevoli che cercheranno fra gli occhi dell'imputato il marchio lombrosiano; e il pubblico che schiacciato nell'angusto recinto e tenuto a bada dagli agenti, mormora e mugola; pochi, rigidi fantocci di carne e d'ossa, allineati dietro alcune file di banchi, chiuso e imperturbabile il volto, si arrogano il diritto di giudicare, cioè di assolvere o di condannare questo mistero grande e impenetrabile che è ogni uomo ed ogni sua passione.

Ed osano parlare in nome di chi è il solo responsabile di tante sventure, di mortali cadute, di voragini spaventose, di folli smarrimenti, di drammi inesplicabili, di pietosi naufragi che straziano l'animo.

* * *

Uguale e monotona la voce del presidente: aggressive e velenose le interruzioni del pubblico accusatore: stupida e inumana la frivola curiosità di chi si accalca a vedere il "bel giovane bandito" caduto alfine nella tagliola.

E nel cuore nostro, nel cuore di noi, suoi compagni, gettati come lui fra lo squallore e le angustie dell'esilio;

Dispersi come lui attraverso le avventurose vie del disinganno e della povertà;

Soli e abbandonati come lui fra le crudeltà ed il sarcasmo d'una vita che ti umilia e ti calpesta se sei povero; che ti sgretola ed annulla fra i suoi ingranaggi poderosi se hai bisogno di lavoro; che ti acciuffa e ti trascina in catene, allorquando un impeto di ribellione ti ha purificato dall'onta della rassegnazione e della viltà; e ti grida del ladro, mentre il derubato sei tu, tu solamente, negli affetti, nelle gioie, nell'amore, nella casa; e ti grida dell'assassino, mentre l'assassinato sei tu, tu solamente, nel rigoglio della tua giovinezza, allorchè pieno di sogni, di energia, e di sensi generosi potevi diventare qualcuno: una forza, una scintilla, un lampo, un creatore; nel cuore di tutti noi, dicevo, un misto di sofferenza e di ammirazione: di rimpianto e di orgoglio: di singhiozzi e di sorrisi. V'erano l'abisso e il cielo dentro il nostro affanno.

* * *

A tratti un silenzio carico d'uragano si faceva nell'aula satura di fermenti, di pensieri e di passioni; e mentre fuori si addensava tra i fantasmi una triste e nostalgica sera invernale, qualcosa... qualcosa di Lui, del suo passato, della sua esistenza conturbata, aliava malinconicamente sul tumulto e sulle agitazioni delle memorie e degli uomini...

Il fanciullo esile e lacero che va e viene fra i colli limpidi e sereni della Liguria imbalsamata, curve le spalle sotto il peso del secchio colmo di calcina, che pare opprimergli perfino il piccolo cuore già così carico di grigiore e di tristezza fra quel tripudio di rondini e quella ricchezza di sole.

L'adolescente pallido e triste, bianco il vestitino di cemento, che sale e discende, appare e scompare tra i ferrami, le corde, le carrucole, le scale, i ponti e le impalcature, mentre il suo gorgheggio d'usignuolo è abbrunato d'un tratto dall'ala d'un gufo celato nel fogliame.

Il giovanetto taciturno e pensoso, che già manda lampi di sdegni e cova pensieri di audacia, allorchè la terribile sciagura che rende schiavo e abbietto il suo paese, gli farà più acuto lo sguardo e più sicura e pronta la mano.

Il giovane sdegnoso e sconvolto, che in ginocchio un istante solo per abbassare le palpebre ad un famigliare adorato, ucciso da gendarmi nascosti nell'ombra, si rialzerà d'un tratto, ed avrà un altro sguardo: lo sguardo di chi ha intravisto la luce.

Ed avrà un altro volto: il volto tragico ed eroico della rivolta radiosa.

* * *

Silenzio... sospensione di respiro... attesa febbrile... palpiti affrettati... ansia penosa, ora che la sentenza doveva essere pronunciata.

Ma chi resta tranquillo e impassibile; chi guarda con la stessa serenità velata d'una dolcezza un poco beffarda quegli uomini chiusi sul segreto della loro risposta; chi non muta colore, nè pronuncia accento di sconforto o di contrizione, è lui, proprio lui, Sante Pollastro.

46

Così estraneo, così lontano da quel dibattito scaturente da dissimili e contradittorie passioni!

Forse ei ripensa i suoi colli luminosi, ondeggianti di oliveti, la striscia opale del mare in estasi fra le braccia della terra, e l'amore, l'amore divino, naufragato per sempre tra i flutti della vita.

E quando, prima di allontanarsi, circondato dai gendarmi, mi cercherà ancora, e mi farà con la mano bellissima e bianca un cenno di addio, dalla mia gola carica di emozione e di lacrime, io non saprò sprigionare che una parola sola; quella di cui dovrà perdonarmi perchè non ne aveva di certo bisogno, la parola: Coraggio!

* * *

Del tempo è passato da allora. Altre bufere, altri delitti, altre ribellioni. Poi ognuno di noi è stato, ancora una volta, distaccato da tutto ciò che era il suo passato, la sua vita, la sua ragione di essere, e gettato alla rinfusa, ingombro inutile o dannoso, nella voragine dei turbini nuovi.

Via... via attraverso il mondo, attraverso i mari... con l'animo ferito, con le braccia stanche, con tanto amaro e tanti disinganni qui dentro, mentre di tratto in tratto qualche amico, il più forte, il più generoso, scompare nel naufragio, e l'ultimo raggio dei suoi occhi ci resta infitto nello spirito e nella carne come una lama.

Che strazio, che indignazione, che rivolta nell'apprendere, e da così lontano, le ultime, desolanti notizie di lui.

Ed allorchè l'ho saputo solo, carico di catene, circondato dall'odio, dagli insulti, e dai pugnali degli sgherri, coperto il bel corpo di ferite e di sangue, urlante più di sdegno che di dolore, e poi esausto, sfinito, privo di sensi, fra una muta ignobile di sicari, là, sul confine delle due Nazioni colpevoli e delinquenti, m'è sembrato che dal grembo della terra offesa, dove a convegno si raccolgono i caduti della libertà, un urlo scaturisse, implacabile e straziante: Società d'assassini!

47

**MARAMALDO
COMMEMORA FERRUCCI**

ASINELLA
Dante vid'io levar la giovine fronte a guardarci,
e, come su noi passano le nuvole,
vidi su lui passar fantasmi e fantasmi ed intorno
premergli tutti i secoli d'Italia.

GARISENDA
Sotto vidimi il papa venir con l'imperatore
l'un a l'altro impalmati; ed oh, me misera,
in suo giudicio Dio non volle che io ruinassi
su Carlo quinto e su Clemente settimo!
(CARDUCCI)

Immensa e misteriosa nebulosa; groviglio impenetrabile di ombre e di luci; mare mutevole, vasto e incostante coi suoi capricci, con le sue calme, con le sue bellezze, con le sue ore terribili di ribollimenti e di tempeste, è il brillante e scettico e profondo e sarcastico e spensierato cinquecento in Italia.

Vi si proietta ancora qualcosa dell'ombra lunga e scarna del Medio Evo, e vi si avverte un sordo serpeggiare di fiamma, che avvamperà d'ardimento e di passione negli occhi neri di Bruno e sul viso mobile di Campanella.

È una età di trapasso che ha la forza e la debolezza; le disperazioni e le speranze; le audacie e le paure; l'umano e il divino delle cose, degli uomini e degli avvenimenti che stanno per morire.

È l'età in cui l'immenso ed il nulla; il vacuo ed il grandioso; l'eroico ed il vile; l'immortale e lo spregevole, conflagrano insieme nel mistero, e restano così, attraverso il tempo, volto chiuso e solenne di sfinge maliarda.

Michelangelo ne ricorda la potenza e la fierezza con la sua maniera terribile e forte, che sfida attraverso i secoli il genio del Partenone, il creatore invincibile del Giove Olimpico.

Andrea del Sarto ne rappresenta le tremende mischie di uomini foderati di acciaro, con quella sua vita avventurosa e tragica, che tesa verso un sogno di riposo, si trasfonde sulle tele squisite ed originali in una armonia fresca, aerea e vaporosa di eleganza e di colore.

Raffaello Sanzio, il divino, con la sua breve vita di luce, e con le sue madonne dolci e gentili, dalle mani pure e trasparenti, pare immortali la soavità accorata, la grazia e la finezza di quelle donne d'amore, che ogni sera, al lume della luna, attendono nella casa ansiosa e palpitante, il ritorno del guerriero.

E Leonardo da Vinci, con la potenza dei sapienti chiaroscuri, col sorriso vago, insinuante e dolcemente beffardo della Gioconda, col suo genio multiforme e sconfinato, bene incarna e riflette lo spirito universalista di quei tempi: l'uomo cittadino del mondo: l'uomo che trova la patria dovunque egli voglia distendere la sua tenda, dovunque egli voglia aprire, agli affetti, al lavoro e all'avvenire, il suo cuore.

Il passato, dunque, coi suoi tentacoli e coi suoi richiami: l'avvenire con le sue promesse e le sue rivolte; la materia insana e irrequieta col grido e con l'orgia della carne, e le aspirazioni severe e composte dello spirito, uscito dalle scudisciate amare e roventi del Savonarola. Il tripudio della licenza e della dissolutezza, e il mistico desiderio "d'un cappello rosso, d'un cappello di sangue" il desiderio ardente del martirio e della libertà che si soddisfa e si appaga nell'abbraccio distruttore del rogo.

Perciò mentre Ariosto volge le spalle a quella assordante fucina, e stringe con scetticismo le labbra davanti alla tirannia "di re gallo o re latino, tutti barbari e tutti tristi" e si libera dai legami di Orazio, per cercare uno stile tutto suo; e si chiude nel silenzio, per adorare una sola cosa, l'arte sublime, nella torre incantata dell'Orlando Furioso;

Perciò mentre Machiavelli, dalla carne gaudente, amante e sensuale; ma dallo spirito severo e speculativo, sogna in una Italia fatta nazione, l'annullamento di ogni individualità nell'ingranaggio d'uno Stato onnipotente, e pare irrida, chi lo contrasta, col guizzo del suo duplice sguardo e con la bocca dalla linea voltairiana;

Istrioni, buffoni e speculatori si stringono attorno a Pietro Aretino, che dissoluto, cinico e sfacciato, si impone con la sua ingordigia, col suo ventre, coi suoi ricatti, con le sue ribalderie, con il suo sfarzo e con la sua spaventevole e impudente incoscienza.

E su questi contrasti, su queste antitesi di uomini, di cose e di avvenimenti, d'improvviso, nel cuore d'Italia, una gran luce: una fiamma di superbo, immortale eroismo, che scuote il sarcasmo, l'indifferenza e lo scetticismo, e acquieta quel baccanale buffone, spensierato e licenzioso.

Firenze... Firenze avvampante di bellezza, di sacrificio e d'angoscia, che in piedi fra gli archibugi, le picche, i gonfaloni, i moschetti, le alabarde e gli scudi, resiste all'assedio feroce e accanito delle truppe imperiali e papali, e getta al tempo ed ai fati, due sole parole: Libertà o morte!

E allorchè a Gavinana, Francesco Ferrucci raccoglie questo voto sacrato, e si getta nel folto della mischia perchè vuole morire sul cuore della libertà che agonizza, una gloria di sole illumina quel suo volto sdegnoso, e su quella disfatta più bella e più immortale di una vittoria, cadono – stille roventi di fuoco – gli accenti della sua fiera rampogna al soldataccio del papa: Vile, tu uccidi un uomo morto!

Giosuè Carducci, pensoso e corrusco, doveva più tardi, sotto i fantasmi e le ombre della torre Garisenda, rievocare, tra i lampi e lo scroscio delle sue implacabili folgori, questa magnifica pagina di ardimento e di eroismo.

Sotto vidimi il papa venir con l'imperatore
l'un a l'altro impalmati; ed oh, me misera,
in suo giudicio Dio non volle che io ruinassi
su Carlo quinto e su Clemente settimo!

Oggi, a quattro secoli di distanza, gli espugnatori valorosi e invincibili di città e di paesi, che inconsapevoli dell'attacco, sono ravvolti nel quieto, placido sonno della notte; gli alfieri ed i campioni di tutte le più eroiche gesta contro donne fanciulli e fuggiaschi; i superstiti invitti delle brillanti e audaci pugne dei cento armati, contro l'uno ferito ed inerme, hanno osato risventolare al sole ed ai venti il nome e il ricordo di Francesco Ferrucci.

E uniformi e pennacchi e cordoni e cappe e piviali e parrucche e aspersori, si sono avvicendati, per mesi e mesi, da Volterra a Firenze, in una gazzarra volgare di voci, di sghignazzi, di sproloqui, di canti, di lance e di stendardi.

E sopra uno sfondo coreografico da pellirosse in delirio; tra file di pugnali luccicanti, e sconce e stomachevoli cariatidi, e ignote illustrazioni d'atenèo intarlate d'ozio e di boria, e sventolìo di gonfaloni, e una mandraccia di schiene vili e prone, e lo squillo alto e sonoro di trombe apocalittiche, colui che non conosce ombra di decenza, di dignità e di pudore; colui che corroso da lebbra morale ha raccolto attorno a sè tutte le turpitudini del più abbietto e crudele sanfedismo, ha dettato l'epigrafe per l'eroe di Gavinana.

E lo stuolo sconcio e spregevole dei gazzettieri – oh nobile e giusto sdegno di Rapisardi!
–

Un'ibrida, deforme, anfibia razza
Quivi superba in sua tristizia alligna,
Ed or tra il fango placida gavazza
Or fra gli sterpi armeggia acre ed arcigna

si è unito a questo insulto, a questa profanazione, a questo mercato, a questo orribile frantoio d'ogni verità, ed ha conclamato che: "La figura del commissario generale di Firenze può essere additata come modello di quell'italiano nuovo, che il Duce sta forgiando per le maggiori fortune della patria nostra". Ed ha soggiunto ancora, questa turba ignobile di trafficanti del biasimo e della lode che: "L'esaltazione degli eroi d'una stirpe appare infatti necessaria quando le nuove generazioni custodiscono e alimentano in sè, come pura fiamma, le virtù che agli eroi diedero l'immortalità". E poi... giù... per ingannare e stordire e abbagliare il pubblico grosso e facilone, giù... colpi sonori sulle grancasse ben falsate da un'alta lega di metalli preziosi.

Sferza, sferza ancora, pur nell'immobilità del sepolcro, o Esperio, sdegnoso e adirato!

Mirali, e se la nausea ed il ribrezzo
Al veder non ti fa troppo ritegno,
Osserva come tutti in varie forme
Hanno per capo una vescica enorme.

* * *

Se la visione che della libertà ebbe quel forte e strenuo difensore della repubblica fiorentina, non può appagare noi, avanguardie del nostro tempo, noi mai sazi di critica storica e sociale, pur dobbiamo riconoscere che Francesco Ferrucci è una scintilla di quella fiamma di rivolta che tra ostacoli, oscurità, prigioni, martirio, forca e rogo, si è andata snodando e sviluppando attraverso i secoli ed il pensiero. Pur dobbiamo riconoscere che l'olocausto di Francesco Ferrucci è una gemma di quella gloria universale, che sfolgora nelle lotte accanite contro i due terribili poteri che schiacciarono il mondo – torchi giganteschi arrossati di sangue e invischiati di carne umana – papato ed impero.

Ed oggi, dello spirito immenso di questo generoso; di questo eroe che visse in modestia, in umiltà, in silenzio operoso tutta una vita; e che all'appello della libertà crocifissa, marcia sicuro verso il sacrificio supremo, tra bagliori di fiamme e fantasmi di morte; dello spirito di questo grande, essi, i vandali briachi del Lungotevere e della Quartarella; essi, gli eroissimi dei massacri di Torino e di Firenze, osano proclamarsi i custodi ed i continuatori fedeli?

Della fulgida figura di quell'ardito cavaliere, fermo ed intrepido fra le archibugiate, sui bastioni di Empoli, sul forte di Volterra, sulle vie di Gavinana; di quel coraggio e di quell'ardimento, essi, oggi, gli impresari di tutte le viltà, di tutte le paure, di tutte le ignominie; essi, gli immortali Leonida delle Termopoli di Sarzana, osano affermarsi gli ammiratori e gli interpreti grandi e intemerati?

Dell'ardimentoso e vasto sogno di Francesco Ferrucci, che precorrendo Giuseppe Garibaldi, pensa nel furore e nello scompiglio della mischia, di condurre la battaglia a Roma e accerchiare e far prigioniero il papa; di quel sogno audace e grandioso, essi, oggi, osano vantarsi i realizzatori; essi, che hanno ridato una corona al papa, e riportato il messale nelle scuole, e rimesso il piviale sulle spalle d'Italia, e rigettata l'ombra della mitra del confessionale e della sacrestia negli affetti, nell'amore, nel pensiero, nell'arte e nella scienza?

Di certo, noi ben sappiamo che hanno bisogno, costoro, per quietare le sorde tempeste che a tratti mugghiano all'intorno, e ritardare il naufragio che si annuncia nelle collere dell'orizzonte, di mostrarsi, alle genti, tali come non sono. Hanno bisogno, per la vita di questo infame castello dei loro misfatti e del loro potere, di avvicendare volta a volta sul fradicio grugno, tra il rosseggiare d'un delitto e l'altro, le maschere della giustizia, dell'ideale, della patria e della libertà.

Perciò furono sulle sponde tranquille e incantevoli del lago di Como, a coprire le nere camicie con la soavità, con le dolcezze e con gli affetti manzoniani.

Perciò si recarono fra la mestizia ed il fàscino di Caprera, ed io non so come l'ira di quel grande non li arrovesciò, fulminandoli, sul sepolcro profanato.

Perciò si aggirarono fra i sentieri calmi e serafici di Assisi, dove par che vaghi ancora, nelle notti di pace, l'innamorato di "frate sole" e di "sorella luna".

Per questo osarono turbare il sonno di Giovanni Pascoli, riassorbito, dopo tanto amaro dolore, nel palpito e nel respiro dell'universo.

Per questo hanno scavalcato i secoli, e risventolato al sole ed al cielo il nome ed il ricordo di Francesco Ferrucci.

Ma sono rimasti, questa volta, nella tagliola della più feroce e stridente ironia; ma sono caduti, alfine, nel trabocchetto della più atroce e mordace delle beffe.

Perchè al ricordo del vinto di Gavinana, due ombre si levano fatalmente dal sepolcro, e prendono posto accanto a lui.

Malatesta Baglione, dal sangue e dal viso marci e dallo spirito di rettile, che al papa vendette la libertà di Firenze. Fabrizio Maramaldo – spada vile e mercenaria – rimasto attraverso il tempo e la storia, il simbolo della ferocia e della vigliaccheria!...

E di questi due nomi, di questi due mostri, che sghignazzando reclamano dalla tomba i loro diritti, voi, o belve in agguato fra le ombre di Conversano – giù le maschere, giù le coccarde, i fiocchi, le medaglie ed i paludamenti – voi siete gli emuli, gli interpreti, i continuatori ed i custodi; proprio voi, o insuperabili eroi del falso, dell'agguato, del grimaldello e del pugnale!

MA VI È QUI QUALCOSA DI PIU'
GRANDE DEL TEMPIO

Tensione, angoscia, smarrimento e incertezze in quel tempo in Italia. Che cosa accadeva? Dove si andava? Con la resa delle fabbriche la discesa della parabola aveva cominciato ad effettuarsi con velocità progressiva.

Era un momento di sosta per riprendere il respiro e raccogliere le forze, o era il principio d'una tremenda disfatta? Era la raffica di un'ora, o la tempesta che si accanisce contro la nave poderosa, e la scuote, e la squassa, e la fende, e la inabissa nei suoi vortici senza fondo?

Ci saremmo arrestati lungo la discesa per riconquistare le cime?

Avremmo potuto, sia pure faticosamente, risalire sugli spalti insanguinati?

Io debbo aver di certo intuito l'oscuro nostro domani, se in quella occasione mi venne di gridare a noi tutti, la terribile realtà nella quale si era caduti. E di certo la gridai, affinchè la comprensione esatta di quell'ora travolgente, ci aiutasse a poterla affrontare, a poterla superare, chè, altrimenti, abbandonando il nostro spirito a delle perniciose e chimeriche illusioni, noi non avremmo che affrettato la sconfitta irreparabile.

No, non cantate, no. Questa è perduta,
forse, per sempre, splendida battaglia!
la debolezza vostra oggi ben fiuta
chi con leggi vi stringe e vi attanaglia.
No, non cantate, no. Ponete il lutto
su le bandiere, sotto il cielo nero.
"Il folle sogno, illusi, è ormai distrutto",
sogghigna lieto il vecchio di Dronero.

Oh, in quel tempo, l'angoscia dei nostri giovani! Il loro ardore; il loro desiderio; la loro volontà di fare qualcosa; di far sentire la nostra forza, la nostra vita, la nostra risposta ai colpi ciechi, notturni e vili che venivano dalla parte d'un nemico agguerrito, armato e protetto da tutte le leggi e da tutte le impunità.

Oh, i loro occhi ardenti e pieni di lacrime! Il loro silenzio sdegnoso, più eloquente di qualunque discorso: il trèmito delle loro labbra che non avevano riposo!

V'era nell'aria della elettricità dispersa. Vagava inafferrabile il volto della morte.

Qualcosa minacciava di grondare: ammonitrice e salvatrice nello stesso tempo.

Le notizie che venivano da San Vittore, il vecchio carcere di Milano, erano gravi.

Malatesta, Borghi e Quaglino rifiutavano di nutrirsi da oltre una settimana. Erano esauriti e ammalati: il loro cuore avrebbe potuto spezzarsi da un momento all'altro.

Tempestose erano state le nostre riunioni quella sera.

Tepore primaverile per le vie di Milano; fresche mammolette di marzo ad ogni angolo di via; stelle d'oro nel cielo, e una rete di fulgide luci sulla palpitante città dell'industria e del lavoro.

Amarezza e veleno nei nostri cuori; lacrime e palpiti nella nostra gola, e l'arrivederci a domani, fu come un soffio, fu come un soffocato singhiozzo, fu come un nodo di commozione che si manda giù tanto male.

* * *

Uno schianto formidabile: un urlo di lacerante dolore: un traballare disperato della terra e degli animi. La voce della dinamite era stata possente: l'aristocratico e ricco teatro del Diana ne era rimasto tutto insanguinato.

Ora triste e dolorosa per noi: pensosa ora di angoscia infinita che non ci trovò, purtroppo, tutti concordi nella valutazione del tragico episodio.

Ma sia nei primi momenti, allorchè la canèa reazionaria si avventò su di noi e fece scempio e ludibrio delle nostre idee; sia più tardi, allorchè qualcuno mi scrisse in nome della sua giovane sposa rimasta vittima dell'esplosione; io che pur sento, e come profondamente, la desolazione che segue questi gesti estremi, gesti che sono inevitabili perchè conseguenza logica di cause provocatrici, io scrissi a più riprese:

"I bombardieri sono stati dei proiettili caricati dalla ingiustizia della società e dal cinismo e dalla viltà della reazione. Quando la tempesta è densa, e il cielo è nero, e i lampi rosseggiano sull'orizzonte, e l'albero maestoso cade d'un tratto schiantato, ditemi, potremmo noi fare il processo al fulmine? Cercate altrove, cercate fra di voi il responsabile vero. E metta la società il velo nero, e chieda perdono a quei morti, e chieda perdono a quei sepolti vivi!"

* * *

Da allora degli anni sono passati e i nostri occhi hanno veduto delle cose terribili.

Hanno veduto l'espandersi del fascismo con quanto di più abbietto, di più selvaggio, di più barbaro, di più crudele può avere una reazione. Non è leggenda questa: è dura realtà. E tutto il mondo è pieno dello strazio dei martoriati, dei mutilati, degli strangolati, dei crivellati. Tutto il mondo sa che l'Italia è una prigione immensa: una di quelle ignobili galere romane nelle cui stive gli schiavi lavoravano di remi, incatenati l'uno a l'altro, sul loro posto di affanno e di morte.

E pensavo che almeno oggi, che finalmente oggi, dopo tanta amara esperienza, dopo lo spettacolo di tanta ignobile violenza nemica, noi anarchici ci saremmo alfine trovati d'accordo sulla valutazione dei gesti di rivolta che esplodono di tratto in tratto fra le nostre file. Pensavo che l'argomento sarebbe stato ormai superato e che nessuno di noi avrebbe più tentennato davanti al vim vi repellere – respingere la violenza con la violenza. –

Ma il vostro articolo, compagno De Santillan, mi ha fatto pensosamente riflettere; mi ha fatto dolorosamente notare come siamo ancora purtroppo lontani da una mentalità adeguata alle esigenze sempre più crescenti di "guerra sociale" nella lotta contro il nemico.

Ah! dunque voi mettete sullo stesso piano di valutazione, la violenza anarchica e la violenza fascista?

Ma i fascisti colpiscono per imbavagliare, per dominare, per asservire, per incatenare tutto un popolo dentro una prigione di terrore e di martirio. Gli anarchici colpiscono per accendere una fiamma in questa notte profonda: per strappare le orribili catene che ci rendono vili ed inetti: per dire alla folla: "alzati e cammina". Gli uni sono la mano nera della reazione: gli altri l'ala bianca e pulsante della libertà: gli uni sono dei luridi sicari pagati a un tanto ogni testa che cade: gli altri lasciano la testa sui patiboli, o la vita nelle galere.

Noi auspichiamo una società basata sul mutuo accordo, sull'amore e sulla giustizia? Verissimo. Ma se compagni, se amici nostri, col cuore avvelenato da tanti dolori, con l'anima piena di fiele per tante ingiustizie patite o vedute patire, riprendono ai capitalisti ed ai banchieri, a questi corrottissimi ladri legali, oh! non temete, un poco, solo un poco delle immense ricchezze che essi hanno rubato a piene mani; se compagni e amici nostri, piena la gola di pianto e piena la bocca di amaro, fanno sentire il rombo della dinamite, noi, proprio noi abbiamo il diritto di respingerli e di condannarli in nome della pubblica opinione, o in nome d'un ideale d'amore e di giustizia?

La pubblica opinione? Essa può dividersi in due categorie. Quella che noi non disprezziamo ed a cui rivolgiamo preferibilmente la nostra propaganda, e quella che è, e che resterà dall'altra parte della barricata. Ebbene, mentre noi non dobbiamo contribuire con le nostre scomuniche a rendere la prima più paurosa e più sorda alla voce della rivolta, dobbiamo invece disinteressarci dell'opinione dell'altra. E che cosa infatti può a noi interessare l'opinione di gente con la quale abbiamo rotto ogni rapporto di pensiero e di vita? Che cosa infatti può a noi interessare l'opinione di gente che noi detestiamo in virtù della nostra morale, ed alla quale, prima di tutto, noi neghiamo ogni diritto di erigersi a giudice, dal momento che è essa l'accusata e noi gli accusatori?

L'ideale d'amore e di giustizia? Ma il prigioniero che vuole ad ogni costo riconquistare la sua libertà ed aprirsi una vita di pace e di affetti, ricorre necessariamente ad un atto di violenza per ritrovare un libero cammino.

Ma il chirurgo che vuol salvare il malato non esita a immergere il suo bisturi nella carne del paziente; non esita ad asportargli una parte del corpo affinchè il cuore ed il cervello non cessino di vivere.

Noi dobbiamo illuminare le menti, noi dobbiamo fare opera di persuasione e di propaganda per formare le coscienze del domani; questo è vero.

Ma quando davanti a tanta oppressione che ne impedisce perfino il respiro, quando non si trova più riposo, tante sono le voci che salgono dalle tombe invendicate; se l'angoscia d'uno dei nostri esplode e scava, sia pure una ecatombe insanguinata, noi dobbiamo sentire un grande, un grave e solo dovere. Quello d'essere vicino a questo giovane valoroso, ed allargare le braccia, perchè fra tante ingiurie, calunnie e maledizioni, egli ritrovi un poco di conforto nell'affetto dei suoi compagni.

E noi che spesso, e con la parola e con lo scritto, abbiamo denunciato le criminose ingiustizie, di cui siamo circondati; noi che più volte, e con la parola e con lo scritto, abbiamo battuto sulla necessità della rivolta; noi, di cui forse qualche frase apocalittica si sarà incisa nella giovane mente che oggi ha agito; noi dobbiamo sentirci in qualche modo responsabili del suo gesto; responsabili morali, e come tali, nulla rinnegare, non rinnegando lui, il vendicatore!

Dunque voi vorreste solamente l'estetico e classico attentato dalla purezza plutarchiana! Bresci, per esempio, che sorge, pallido e impassibile davanti al re, al freddo e cinico responsabile dei massacri della Lunigiana, della Sicilia e della Lombardia. E chi non lo vorrebbe questo? Ma i tempi sono mutati e gli avvenimenti di questi ultimi anni ci debbono far sentire le necessità, le esigenze della rivolta e della cospirazione sotterranea, per respingere un nemico attaccandolo con le stesse sue armi.

Per respingere un nemico che è vile quando assale: per respingere un nemico che ben sapendo di quanto sangue grondino le sue mani, si corazza e si nasconde e si circonda di tutte le possibili cautele, sì da impedire il gesto giustiziere a chi volesse attaccarlo all'aperto.

V'è qualcosa nella vita di più grande della casistica posta a guardia del "Tempio": il dolore e la sofferenza umana di cui è permeata l'idea.

"Un tempo Gesù passò in un giorno di sabato per i seminati, e i suoi discepoli ebbero fame e presero a svellere delle spighe ed a mangiarne". Ai farisei che accusarono costoro perchè avevano fatto ciò che non era lecito fare in giorno di sabato, Cristo rispose: "Ora io vi dico che c'è qui qualcosa di più grande del tempio. E se sapeste che cosa significhi: Voglio misericordia e non sacrificio, voi non avreste condannato gli innocenti".

Oggi un'intera nazione è dominata dai pugnali e dai randelli. Oggi a migliaia ed a migliaia sono gli uomini dispersi pel mondo, senza affetti, senza famiglie, senza risorse. Oggi ognuno di noi è una angoscia vivente, che trova ancora possibilità di vita nella fede, che unica ricchezza fra tante ruine, gli è rimasta nel cuore.

Oggi non vi sono che cadaveri mutilati e insanguinati attorno a noi: ecatombe sopra ecatombe, e voi potete sottilizzare, voi potete sofisticare sui "distinguo" d'un inqualificabile tolstoismo, voi potete fare del cerebralismo, voi potete commuovervi, allorchè dall'altra parte della barricata, senza che dalle nostre file sia stato mandato un cavalleresco biglietto da visita, un riparo salta all'aria, o una ignobile fortezza crolla e si sfascia?

È in nome del sentimento che voi parlate? Ma nelle lotte sociali, il sentimento che non è fuso alla ragione e alla logica può paragonarsi a quelle bolle di sapone della nostra infanzia dorata e lontana.

Con quanta grazia, con quanta attenzione, con quanto entusiasmo noi si soffiava nella cannuccia di legno. Era in quel lavoro tutta la tensione della nostra piccola, bella anima infantile. Ma ahimè! i variopinti, minuscoli castelli e i lumicini inargentati e le vele e le piccole barche, tutto viveva un istante, solo un breve istante... tutto scompariva con le bolle di sapone!

È in nome dell'amore che voi parlate? Ma nel campo sociale l'amore che non è figlio dell'odio è sterile palo, non è albero fecondo. Non ha radici nella terra; non ne beve i vividi succhi: non si nutre di vigorosa linfa: non respira e non vive non dà le riposanti ombre negli afosi meriggi: non concepisce, nè germoglia nei mesi di nevoso silenzio. È legno distaccato dal cielo e dalla terra: è legno secco e isolato che si lascia rodere dal tempo e dal tarlo.

È in nome delle nostre istituzioni che ci sono così care, e che tanto sacrificio ci sono costate, è in nome di esse che voi parlate? Ma lo stesso militarismo ci insegna qualche cosa, allorchè nelle ore delle lotte e delle necessità estreme, fa saltare le stesse fortezze che egli ha edificato con dispendio di tanto lavoro e di tante ricchezze.

Compagno De Santillan, io vi ho conosciuto a Berlino, nei primi tempi del mio esilio, allorchè le ferite erano ancora fresche; ma non facevano così male, come fanno male oggi, chè non si vogliono cicatrizzare.

Abbiamo più volte conversato delle nostre idee nella vostra stanzetta ingombra di libri, nella stanza nella quale passavate intere giornate curvo sul lavoro.

Accettate questo mio richiamo con animo di fratello, e raccoglietevi un poco sopra queste mie riflessioni.

Chè io ho visto i miei migliori compagni cadere trafitti nella terribile mischia: chè io ho visto i miei più buoni compagni gettati e rinchiusi nelle più orribili prigioni; chè io ho visto i miei più cari compagni dispersi in paesi dei quali non conoscono nè le genti, nè la lingua; soli, e spesso senza un soldo; soli, e spesso senza un pane.

E quando qualche ribelle sorge d'improvviso fra noi, e un suo qualsivoglia gesto vendicatore schianta qualcosa di questo vecchio edificio nel quale siamo incatenati, io gli prendo le mani e gli dico: Coraggio; viva l'Anarchia!

GLORIA ANARCHICA

Egli si è avviato solo verso la sua fine, attraverso le ombre, il silenzio e la tristizia della notte.

Solo: tutto chiuso nel suo ostinato pensiero.

Solo: tutto muto nella sua profonda passione.

Quando il profumo dei magnifici boschi d'Italia ha ravvolto, d'un tratto, la sua giovinezza a lui è sembrato che voci martoriate, disperse e commosse gli dicessero una parola unica, una parola grande, una parola di sogno.

Poi il fascino della magnifica notte lunare gli ha detto, con la sua voce di sorgente: "Dimentica e vivi".

E le illusioni e le carezze delle morte cose, fasciate di luna, gli hanno detto, con le parole più belle: "Dimentica e vivi".

E una folata di fresche e giovanili memorie lo ha guardato con le sue pupille di mare: "Dimentica e vivi".

E una dolcissima figura di donna lo ha ravvolto nel suo sguardo profondo: "Dimentica e vivi".

E il seducente sorriso di Francia dove guizza l'amore e dove vaga il piacere gli ha gettato le sue reti di stelle: "Dimentica e vivi".

Ma egli, fasciato di gelo per tutte le fatue chimere e le vacue illusioni che non danno la verità e l'eternità della vita, ha proseguito il cammino, gran luce nella notte.

Ripetendo a sè stesso l'ostinato pensiero, che da tempo doveva mordergli la carne e lo spirito:

Essere il mattino carico di risveglio.

L'estate meravigliosa che allarga i suoi fulgidi occhi di cielo.

O l'annunciatore invincibile d'una tempesta rinnovatrice.

Chè vivere significa saper morire.

E morire vuol dire innestare la vita là dove non v'è semenza di morte.

* * *

Egli porta scolpito sul petto, là dove più forte aveva pianto il dolore: "Viva la morte".

E queste semplici parole hanno fatto inorridire di ribrezzo e di spavento tutti i vili e purulenti gazzettieri senza coscienza e senza fede.

Tutti gli avvilenti e ripugnanti ciarlatani da fiera.

Tutti gli adunchi sciacalli circospetti e volpini che, guazzanti in una umiliante e spregevole ondata di servilismo e di idiotismo, si sono accovacciati ai piedi del delinquente vero, ed hanno colpito l'audace giustiziere uscito come blocco di luce dall'angoscia, dall'assillo, dal martirio, dalla tortura di quell'Italia che non si può vedere e che non può parlare.

E coloro che da anni fanno crescere la gioventù nostra fra i canti selvaggi delle stragi più infami;

E coloro che hanno annodato sulla blusa di ogni adolescente l'emblema della morte;

E coloro che hanno messo un'arma nelle mani di ogni fanciullo;

57

E coloro che hanno esibito il loro figlio all'obbiettivo fotografico, ponendogli un pugnale fra i denti;

E coloro che a nuovo simbolo della vita e del pensiero italiano hanno elevato il fosco teschio spaventoso;

E coloro che hanno plaudito alle belle signore ingemmate, recanti la toga di seta e le rose di ammirazione al truce difensore del più abietto dei sicari – Amerigo Dumini – giuocano, oggi, la turpe commedia del disgusto e del ribrezzo davanti a quel sintomatico tatuaggio, che Gino Lucetti ha dovuto, di certo, scolpire sul suo petto in una di quelle tempestose notti d'insonnia.

Allorchè più lungo ed estenuante era stato sulla sua bocca il bacio dei morti.

Allorchè soffocante era stata la stretta di tutte le terribili cose vedute e vissute all'alba della sua giovinezza.

"Viva la morte!" egli, il nostro compagno, aveva inciso sulla sua carne, di certo pensando:

La morte che dona la vita.

Non quella che la sopprime.

La morte che risveglia i popoli.

Non quella che li distende inermi ed inetti dentro una tomba senza gloria.

La morte che spezza il tiranno.

Non quella che la tirannia riassoda ed eterna.

* * *

Dormono, adesso, sereni e tranquilli i suoi radiosi venti anni, distesi come fiorita spezzata di rose fra le braccia della solitudine divina.

La quale dona a chi le si sa donare i misteriosi segreti della tenacia, della resistenza, della grandezza; il bacio che non ha l'uguale; l'altezza che resta irraggiungibile.

Ed è proprio il sonno del giusto questo, o ibridi giuocolieri della penna, che canagliescamente scrivete:

Sembra quasi che la vita del carcerato si adatti in un certo modo alle sue aspirazioni. La notte dorme profondamente, sicchè vi è da pensare che il detto più errato sia proprio quello del sonno del giusto. Nessun tormentoso sogno lo agita di notte; come nessuna invocazione, nessun rimpianto e nessun desiderio gli fanno aprire bocca, durante tutta la giornata. La cella in cui trovasi a Regina Coeli è posta nel terzo braccio ed ha ai fianchi altre due celle che sono state fatte sgombrare per circondarlo del più assoluto e perfetto isolamento.

Ed è proprio il caratteristico riposo del giusto questo, o sconci funamboli della politica e della morale, che pretestando meraviglia e sgomento guardate, con occhi dilatati, questo puro e tranquillo dormiente.

Bel giovane dolce e sereno che ha piegato le braccia, e si è disteso sopra i flutti del suo destino.

Pari ad un principe dai capelli d'oro delle belle e suggestive leggende d'altri tempi luminosi.

Perchè Gino Lucetti non è il vile e tremante sicario che inorridisce tra i ferri.

Non è il mandatario pagato che vede corda, fantasmi e sapone nelle spaventose notti carcerarie.

Non è il violento che ha prescelto la violenza a sistema di ricatto e di vita, e che teme la forza degli altri quando la sua è nei ceppi.

Ma è il giovane muto e solitario che si è distaccato dalla materia che tutti ne circonda e che solo, contro il mondo, assiso sulla pura e salda roccia dello spirito suo ha gridato un richiamo angoscioso: "Ritrovate la via".

E l'arco della vendetta e della giustizia è sfuggito, alfine, dal crogiuolo del suo inquieto e incontenuto dolore.

* * *

Adesso egli resta silenzioso e tranquillo perchè qualcosa, che da anni dentro lo lacerava – affetti dispersi, famiglie divise, esistenze ferite, pupille senza luce, anime senza resurrezione, uomini senza speranze, donne senza più sogni – ha trovato, alfine, un poco di pace nell'animo suo.

Come se due immensi occhi di morto, sbarrati nella fissità del nulla, avessero, finalmente, abbassato le palpebre e trovato riposo.

Oh, non così, non così infatti, o signori, furono le notti carcerarie degli infamissimi sicari che spensero Giacomo Matteotti!

Allorchè essi, delinquenti iniqui, e assassini selvaggi, si sentirono traditi e abbandonati dal loro primo e diabolico mandante;

Allorchè si videro rinchiusi in una cella nuda, faccia a faccia con lo sguardo vitreo del povero morto deturpato;

Allorchè sentirono l'alto sdegno del mondo battere, ondata fragorosa, contro la loro prigione, si avventarono, senza ritegno alcuno, l'un contro l'altro, si palleggiarono in una indecente e stomachevole gazzarra da trivio tutte le responsabilità, e fecero tremare e allibire di viltà e di livore il rinchiuso di palazzo Chigi minacciando le più spaventevoli rivelazioni se non li avesse messi in libertà e in sicurezza.

Non così, non così di certo sono i riposi del fosco, e bieco tiranno di Roma perchè il rintocco di ogni ora notturna gli ripete e gli ricorda il nome di un trucidato.

Perchè nella visione di ogni ombra notturna si delinea, davanti a lui, implacato e implacabile il viso d'un rivoltellato.

Perchè in ogni voce ed in ogni sospiro della notte egli sente l'affannoso respiro e la sorda minaccia dei vivi e dei morti che non possono dimenticare.

* * *

Adesso Gino Lucetti è dunque solo come mai nessun altro uomo è stato così solo nel mondo.

Vivente sublime e radioso, rinchiuso e sepolto dentro una tomba insidiosa e insidiata.

Che importa a lui se nessun uomo della legge vorrà domani assumere la difesa della sua giovinezza generosa?

Egli, pensando a questa razza di filistei, si andrà ripetendo, tra un sorriso di sdegno e una amara ironia, l'ammonimento di Pietro Colletta:

"Sono i curiali timidi nei pericoli, vili nelle sventure, plaudenti ad ogni potere, fiduciosi delle astuzie del proprio ingegno, usati a difendere le opinioni più assurde, fortunati nelle discordie, emuli tra loro per mestiere, spesso contrari, sempre amici".

Che importa a lui se gli hanno distrutta la casa, la dolce casa quieta e operosa, attorno alla quale le memorie della sua fanciullezza giuocavano a rimpiattino col bel sole e col bel cielo d'Avenza?

Che importa a lui se gli hanno perfino sequestrata la madre, la madre vigile e buona, bella di stanchezza e curva di pensieri?

Egli sa che la madre, la donna che si ama sempre, è là, tutta ravvolta nella sua devozione, tutta rapita nella sua adorazione, e vi segue sempre e vi segue dovunque, camminando a piedi nudi sotto tutte le tempeste pur di non perdere le tracce del figlio.

Che importa a lui se nessuna voce cara, e se nessun alito di affetto e se nessun palpito di persona amica arrivano nell'agghiacciante silenzio della sua cella senza cielo?

Egli sa che vicini o lontani, uniti o dispersi, i suoi compagni di idea hanno allargato le braccia e lo hanno stretto sul cuore.

Non è Tommaso, lui; Tommaso il diffidente e lo scettico, che vuol toccare le piaghe di Cristo prima di credere nella prodigiosa resurrezione.

Ma è il blocco di luce. Ma è il giovane fatto di azzurro. Ma è il fanciullo meravigliosamente estatico che sente, che avverte, che divina l'amore, senza aver bisogno, per credergli, di accostare la bocca alle sue labbra e raccoglierne le parole ed i baci.

Ed invero, noi abbiamo sentito la gioia di rivivere.

Ed invero, noi abbiamo risentito l'orgoglio di essere anarchici.

E la nostra bandiera si è distesa in tutta la sua larghezza, sotto questa gloria nuova di sole. Uscendo dal grembo delle tempeste con un volto miracolosamente primaverile.

Di tratto in tratto, l'un dopo l'altra, una giovinezza nostra risponde al suo grande richiamo.

E là, dove l'una cade, un'altra si leva più forte, più perfetta, più pura.

Quasi che il sublime agonizzante, prima di scendere nell'ombra, avesse cercato gli occhi del più fedele, per riempirli dello splendore che dona una morte d'amore.

Quasi che il moribondo divino, prima di ravvolgersi nella notte senza mattino, avesse cercato la mano più cara, per affidarle l'aspirazione suprema dello spirito suo:

"Più luce!"

"Ancora più luce!"

ADOLESCENZA LUMINOSA
(Anteo Zamboni)

"Chi ama il proprio fratello dimora nella luce"..
"Non so se potrò amarti: non so se potrò sopravvivere; ma io lo voglio uccidere".

E al piccolo, ombroso giardino, al quieto rifugio dove soleva passare le ore di riposo, egli aveva, di certo, confidato il suo grande, il suo penoso segreto.

Ed i cespugli ed i rami di fiori si eran dovuto stringere più volte attorno a lui, quasi a proteggere quell'esile, fragile spiga di grano biondo.

Quasi a diffondere nello spirito e nella carne di quel fanciullo tutto il loro profumo e tutto il loro colore.

Perchè diventasse un adolescente spensierato, ebro di canti e di sole.

Perchè passasse fra le vie d'un paese, trasformato in cimitero, senza vederne le tombe e le croci.

Senza soffermarsi a raccogliere, dalle sbarrate pupille dei morti, l'angoscia e lo smarrimento della notte senza giorno.

Senza sentire l'incontenuto singhiozzo che viene dal basso, dal fondo, e che fitti strati di drappi, di gagliardetti, di coriandoli, di fiori, di nastri, di ghirlande non arrivano a soffocare.

Senza ascoltare gli accenti di dolore che salgono da ogni strada, da ogni, sentiero, da ogni ciottolo, da ogni casa, da ogni colonna, e che una film a ripetizione di luminarie, di girandole, di parate, di scorrazzamenti regali, di concioni plateali, di carnevalesche esibizioni, non arriva a seppellire.

E mano mano che egli andava esercitando l'occhio ed i nervi al bersaglio, più dolce e più tenera aveva, di certo, dovuto farsi la voce delle aiuole fiorite.

Perchè non si ostinasse a guardare il pallore dei sopravvissuti, che hanno perduto la resistenza e il coraggio fra le ansie e l'affanno del naufragio.

Perchè non si ostinasse a inamarire le belle labbra appena in fiore, per figgere gli occhi nel volto delle realtà più spaventose.

Perchè preparasse i remi e le vele dell'animo suo, alle magnifiche soleggiate dei primi sogni giovanili.

Perchè tutto fresco di rugiada e di germogli, tutto fremente di nidiate e di bocciòli si riattaccasse, alfine, palpitante, al saldo tronco della vita.

"Io dormivo e il mio sogno divenne di fuoco".

Ma egli ha scosso lentamente la bionda testa serena ai richiami e alle lusinghe dei teneri, ridenti rami di fiori, e tornerà più deciso, e tornerà più sicuro a sfogliare le pagine ardenti dei suoi libri prescelti: amici incomparabili, amici silenziosi, amici segreti ed austeri della sua brevissima giornata.

E turpi, e tragiche, ed eroiche figure di tempi remoti si daranno ogni sera convegno, a quelle rievocazioni, nella piccola camera sospesa fra il mistero degli abissi e lo splendore delle stelle.

"Nessuno fece mai tanto bene ai suoi amici, nessuno fece mai tanto male ai suoi nemici come Silla; ma fu ucciso".

E si abbandonerà, folle di speranze, di singhiozzi, di rossori, di entusiasmi, fra le pagine poderosamente illuminate di Victor Hugo.

Magnifico e sublime, quel bianco vegliardo, arrovesciato da una scarica di duecento fucili, roventi bocche di fuoco celate fra le insidie, e fra le pieghe della notte!

Fulgenti e suggestivi gli occhi radiosi ed estasiati di Marius, invitto ed ardito sulle barricate fumanti!

Commovente e ammirevole quel monello intrepido e generoso cresciuto fra la miseria e l'abbandono della strada!

Ecco... Ecco...

Nella notte piena di palpiti, di respiri, di fantasmi e di visioni, non è più un altro fanciullo quel figliuolo della notte e della rivolta; ma è lui, proprio lui, Anteo, il piccolo Gavroche sorridente e leggero, il tenero fiore venuto su dal male, che passa, con un ramo di giunchi, fra gli insorti di Belleville.

Che getta, fra il turbine delle sommosse, le sue profonde sentenze infantili:

"Affidatevi ai bambini: diffidate degli uomini".

Che risponde, con tono orgoglioso, a chi gli affida una missione segreta:

"Un fanciullo come me è un uomo. Gli uomini come voi sono dei fanciulli".

Che salta d'improvviso, dove più avvampa l'incendio, con l'agilità e con la snellezza d'un clown.

Che cammina, cantando, alla testa degli insorti, mentre il suo esile corpo, ravvolto di cenci, sembra una fiamma che rischiara le crepitanti notti battagliere.

Sì... è lui... proprio lui, Anteo, quel fanciullo che guizza e riguizza come un lampo fra le nubi, fra la polve, fra gli spettri, fra i tuoni di ogni barricata.

È lui. E voi lo vedrete.

Perchè anche domani, fra le vie d'una città pavesata con lo sfarzo più favoloso; perchè anche domani, fra lo scintillio d'una selva di uniformi, di baionette, di pugnali, egli si aprirà un varco sottile, per affrontare, da tutto solo, un tiranno.

"Non so se potrò amarti: non so se potrà sopravvivere; ma io lo voglio uccidere".

Ed ecco...

Questi magnifici quindici anni cosparsi di atomi d'oro, si avviano, con occhi di cielo, e con piedi di luce, verso il tragico schianto.

Ed a me sembra che tutto il mondo, ora, pieghi le ginocchia e si raccolga attorno ad essi, nel trepidante istante che precede l'annunciato miracolo.

Perchè è di sotterra, proprio di sotterra, dallo strazio profondo dei caduti, che pare sieno usciti d'improvviso, getto di fiori, per riportare fra gli uomini la vita.

Mentre Chopin, assiso fra coltri di nubi, ricerca nell'infinito le armonie più dolorose.

"E il cielo si ritirò come un libro che si ravvolge".

Quindici anni!

Un fascio di sogni in germoglio.

Un'alba carica il grembo di aurora.

Una fresca risata di primavera ricolma di azzurro.

Un chioccolìo d'acque limpide fra le asperità dei boschi.

Una tastiera armoniosa e fatata di canti rinfusi ed informi.

Un lembo di cielo scolpito nello zaffiro.

Una volata di rondini nel tripudio d'aprile.

Un volteggiare d'aquilotto sicuro sulle cime superbe.

Un sorriso di mare tra le labbra delle perle.

Una gondola d'oro fra le braccia delle sirene.

Una ridente fiorita di stelle in una notte di Maggio.

Una raccolta di timidi sogni gentili sotto un bacio di luna.

O voi, che lo avete colpito nel cuore, mentre egli verso di voi camminava con le mani ricolme di luce;

O voi, che lo avete serrato alla gola, mentre egli nella gola celava il vostro canto più nuovo;

O voi, che gli avete le ali trafitte, mentre egli vi accennava il volo sublime;

O voi, che lo avete immerso nelle tenebre, mentre egli era per gridare ai morti implacati: Sorgete;

O voi, che lo avete inchiodato alla terra, mentre egli voleva la terra lavare da un ammasso di sangue;

Sollevate, dunque,

Inalzate, dunque,

Roteate, dunque,

davanti al Cesarissimo duce, il provvido pugnale fedele... immerso nel petto bianco di questo dolce fanciullo!

E l'avrete una onorificenza, domani, pusillanimi giullari venali;

E l'avrete un cordone o una ciarpa, ricurve schiene di servi abbietti e tremanti;

E l'avrete una commenda o una croce, lombrici obliqui e striscianti;

E lo avrete un ciondolo d'oro, un ciondolo d'oro da attaccare sul vostro petto di schifosissimi mostri, o eroi, dell'ultima moda, eroi senza macchia e senza paura, spremuti dalla forza, dal coraggio, dall'ardire, dalla gloria, dalla possanza, dalla giovinezza, dalla tenacia, dal genio... della nuova Italia rinvigorita e rinnovellata.

RIEVOCANDO MICHELE SCHIRRU

La tristezza, quella malattia intima e dolce, lenta e sottile, che è sempre nel fondo di tutti i miei pensieri, aveva quella sera, più del solito, tinto di buio l'animo mio, e sopra l'amarezza segreta, le labbra serrate non pronunciavano parola.

Gli amici, divisi in piccoli gruppi, discutevano animatamente, riempiendo la stanza di fumo, di rievocazioni, di speranze e di fantasmi.

Ed a me, nascosta dietro le ampie cortine della finestra, giungevano a tratti, frasi concitate e roventi.

– Il fascismo? proprio così... un colosso coi piedi d'argilla: dovrà crollare per lo stesso suo peso.

– Dovrà... dovrà... ma sino ad oggi chi cade sono i nostri, ed i Lucetti finiscono in galera... quando non sono condannati a morte.

– Chi muore per la verità e per la giustizia non è il vinto; ma il vincitore.

– Bene, bene... plaudirono molti, ed una fresca gola giovanile motivò pian, piano:
E noi cadremo in un fulgor di gloria
Schiudendo all'avvenir novella via.

– Parole, sempre parole... e intanto questo linguaggio biblico da sermone della montagna, non cambia in nessun modo la dura e cruda realtà. I morti dormono invendicati: le isole e le galere sono piene di compagni, e noi, noi stessi, carichi di miseria e di strazi, umiliati e avviliti dalla incapacità che ci rode, siamo ancora in giro pel mondo... ed ecco... invecchiamo qui... nell'esilio. La voce s'era spezzata nella stretta dell'emozione.

– Ed il resto, perchè non lo dici il resto?

La folla, la miracolosa folla, la fattrice, voi dite, degli eroici eventi, cane accovacciato, invece, che lecca la mano di chi lo percuote, si prostra, sempre più servile, ad osannare un pazzo tiranno, impennacchiato come pellirosse a danza, imbiaccato come goffo pagliaccio a richiamo dei gonzi sui baracconi da fiera.

Adesso un silenzio più eloquente delle parole; più caldo ed efficace di esse, incombeva su di noi come minaccia e come promessa: orizzonte denso di nubi: fondo occulto d'oceano che respira, brontola e si sommuove negli abissi impenetrabili.

Silenzio... passavano a frotte i ricordi sotto il cielo dell'animo: ali di gabbiani sorvolanti il mare, stormi di rondini fuggenti il diaccio respiro di Novembre.

Esilio! Quella parola mi aveva fatto sentire dentro più acerbo il male che s'allargava in cupa malinconia.

Verso l'alto e il sublime, in giganteschi grappoli d'oro, la città dell'enorme e del fantastico si lanciava con una arditezza prodigiosa di reti, di torri, di guglie, di tentacoli, di frecce. Stanca delle angustie, dei travagli, delle inquietudini della terra; avvilita di sentire le radici irretate in un losco abisso di crimini, di barbarie, di vendette, la sirena a specchio dell'immensa baia luminosa, assetata di purezza, avventava le sue chiome fulgenti al bacio ed all'amplesso delle stelle.

Esilio! Solitudine d'angoscia nella moltitudine rumorosa; la solitudine del deserto e dell'ignoto tra una folla sconfinata e mutevole, che sciama, che vocia, che ti urta, ti sospinge, ti ignora, ti travolge.

Esilio! La povertà più discoperta e più flagrante tra un ridondare di colori, di eleganze, di raffinatezze, di lusso; tra un alternarsi di piazze e di strade rifulgenti d'ogni più vistosa e abbacinante ricchezza; la povertà più inasprita e provocata tra un susseguirsi di edifici enormi e poderosi, dentro i quali turbinano, tra sogni, avvenire e miraggi, fantastiche e favolose fortune; sotto i quali, sepolte nella sicurezza del granito, si ammassano montagne d'oro puro, tra un labirinto blindato di corridoi, di segrete, di trabocchetti, di caverne.

Esilio! L'inerzia forzata, lima sorda e penetrante, che ti rode e ti strugge, mentre attorno l'ala del pensiero e del lavoro pulsa, freme, s'accende, divampa, si trasforma, s'immortala.

Esilio! L'impossibilità di poter comprendere il mondo nuovo che ti circonda, così estraneo, così vario, così mutevole. Mondo tanto vicino, eppur tanto lontano dall'essere tuo: per la sua potenzialità di vedere e di sentire che non è nè uguale, nè simile alla tua. Per le sue manifestazioni di pensiero, di dolore, di gioia, di amore, che non assomigliano in nessun modo alle tue. Per le sue stesse creazioni artistiche, che non trovano riscontro ed eco alcuna col ritmo del tuo canto, con le visioni e le chimere del tuo sguardo, con l'accento e la sensibilità della tua poesia.

Esilio! Ed invano tu cerchi di afferrarti a questo scoglio; di ingranare la tua esistenza nell'addentellato di questa formidabile macchina: essa ti respinge, ti rigetta lungo il cammino, e tu resti solitario a riva, miserabile rigurgito di onde in burrasca, frusto rottame da gettarsi tra i rifiuti, mentre pur senti, nell'intimità dell'essere, che vali ancora qualcosa; che sei ancora qualcuno.

Esilio! Il vuoto, l'insanabile vuoto, sguardo senza pupille, tra un avvicendarsi di ponti, di strade, di piazze, di monumenti, di edifici, di cui nessuna pietra, nessun angolo e nessun canto rimoto hanno per te un sospiro, una voce, un affetto, un ricordo.

...Quel sentiero montano, odorante di timo e di ginestra dove tu, bambina, seduta sopra un masso bianco e brullo, solevi cantare alla piccola lumaca, raccolta lungo la via, quel ritornello popolare che l'invita a mettere fuori dal guscio, la testolina timida e nera.

Quelli verdi, ondeggianti catene di colli e di poggi, che nei quieti, rosei tramonti di Maggio, si decoravano di greggi venenti da lontano, e di pastori lenti ed assorti tra quella solennità di sole e di silenzio.

Quei viottoli segreti e tortuosi tra la fragranza delle rupi e delle siepi, dove di notte inseguivi le lucciole d'oro, e ne ghermivi alcune, con piccoli trilli di gioia, per serbarle sul tavolino, accanto al tuo lettuccio, sotto un bicchiere arrovesciato. E che piangere, che singhiozzare il giorno dopo, allorchè più non trovavi le magiche stelline filanti; ma piccoli, informi insetti, immobili e neri.

Così... così... tutta la tua vita! Un andare, un tenace andare verso le luci ed il sogno, ed un trovar sempre l'ombra ed il gelo, ed un trovar sempre il sogghigno crudele dell'agguato e dell'inganno.

E quei boschi canori... quei castagneti poderosi... i torrenti spumeggianti fra le rocce e i dirupi, e su tutta quella magnificenza d'acque e di colori, la filanda garrula e operosa, ed il secolare convento dei domenicani, riattato a istituto normale, dove quel tuo visetto chiuso ed austero, curvo sui libri e sul lavoro, non carezzato da mano materna, si prepara da solo, da tutto solo, al dramma della vita.

* * *

Qualcuno mi aveva poggiato una mano sulla spalla.

Alto e sottile, un leggero casco di capelli biondi e ondulati sulla fronte serena, una sanità d'agile sorriso nell'arco puro e netto delle labbra giovanili, l'improvviso sopraggiunto mi guardava attentamente.

– Perchè così sola, Virgilia?

Non risposi: avevo ancora l'animo immerso nella nebbia del passato.

– Certo, egli soggiunse, tu devi sentirti a disagio in una terra nuova. E poi... chi l'ha veduto il fascismo; chi ha sofferto per esso; chi ha perduto degli amici laggiù, deve sentirsi bruciare il cuore, ed ogni parola deve sembrargli vana.

Mi faceva bene, fra tante delusioni e amarezze, quella voce fraterna, spontanea, piena di conforto e di sollecitudine.

Nella sala s'era intanto levato un canto lento e triste: nostalgia ed effusione d'un romantico cuore pietoso ed ignoto.

Ai sedici d'Agosto, sul far de la mattina,

Il boia avea disposto l'orrenda ghigliottina

L'ombra del giovanetto Caserio ritornava, piena di fascino e di suggestione fra di noi, ed io trascinata da quell'onda di memorie eroiche credetti di vederla rivivere nei grandi occhi azzurri che mi guardavano con dolcezza, e nella testa bionda e bella, che si era curvata, sollecita e gentile, sul mio affanno e sulla mia solitudine.

– Senti? Egli riprese, mentre qualcosa – sdegno, protesta, rivolta – era passata, rapido lampo, ad oscurargli lo sguardo. Eppure non è più l'ora della spensieratezza e dei canti: è quella dell'azione.

Lo guardai negli occhi, e mi parve fossero pieni di lacrime e di vampe.

– Necessita l'eroismo, oggi; il sacrificio di qualche generoso; di qualcuno che sappia affrontare la morte.

Io ero rimasta un poco interdetta, e tacqui davanti all'esuberanza di quel giovane di cui non conoscevo neppure il nome.

– Sì, bisogna avere lo sprezzo, per la vita, ripeteva egli a bassa voce, quasi avesse voluto ben compenetrare e inchiodare nell'animo, tutte le sillabe di quelle gravi parole.

– Come ti chiami? allora gli chiesi.

– Michele Schirru.

– Sardo, forse?

Mi rispose un sì tagliente come lama acuta e sottile.

Una fugace visione di cime aspre e brulle, superbe di contro l'infinito: uno scrosciare d'acque violenti e rabbiose: una montagna di spuma sfioccantesi in pioggia di fiori bianchi ed azzurri contro la roccia di Nettuno: lo strido dell'aquila sulla vetta possente: il mugolio dei lupi nella valle profonda.

Nella sala il coro aveva afferrato il crescendo del ritornello:

Disse Caserio: Che cosa c'è?

È giunta l'ora, alzatevi in piè.

Fuori... fiamme, lampi, intrecci di fasci rilucenti nella città dell'oro, del frastuono e della magnificenza: dentro... in quel ritrovo modesto, un ribollire d'odio e di sdegni, un arroventare di memorie, di promesse e di speranze, da cui ben presto, inaspettato, avrebbe divampato il più alto, il più ardente, il più fiammante dei roghi.

Una scossa: un tuffo al cuore: un folle oscillare di tutti i pensieri, poi una sola parola:
Schirru!

Raccolsi il giornale che m'era caduto all'improvvisa, inattesa notizia, e stetti immobile a
trangugiare le vili, inutili lacrime, che a fiotti mi si aggrovigliavano alla gola.

Alcuni amici entrarono concitati.

– Hai visto i giornali?

Risposi con un cenno; ma mi chiusi nel silenzio per non vedere e non sentire che Lui.

Angoscia, sgomento, ammirazione, rivolta: tutto dentro di noi.

– Così giovane, così forte e sano... singhiozza uno dei suoi amici più cari.

Io seguo l'intimo pensiero che si desta e si svolge ad ogni sguardo, ad ogni espressione
degli altri.

Il credente cieco e sincero in un Dio immortale che punisce e che premia, può nell'ora del
sacrificio supremo trovare fermezza ed esaltazione al pensiero dell'al di là, che lo attende
in un risveglio di gloria.

Il cencioso, il mendico, che deve cercare una crosta di pane alla svolta delle vie; il deforme
che sente, giorno per giorno, gravare più forte quella enorme sciagura, che privandolo per
sempre dell'amore, gli dà, per compenso, un qualche sguardo di fredda, mortificante pietà;
il malato che si consuma e si spegne pian piano, e non può mai godere le gioie, le estasi,
gli smarrimenti felici; questo essere minorato; questo tragico sommerso tra i flutti della
vita, che lancia ad un'occulta volontà crudele, lo strazio di quel martoriante "perchè"
rapisardiano, può anticipare, senza rimpianto forse, l'incontro e l'abbraccio con la morte.

Or che un cieco poter sì m'ha distrutto,

Perchè salda alla terra ho la radice?

Perchè se più non devo esser felice,

Pietoso Iddio, non mi distruggi tutto?

La lunga, acerba sofferenza, lo stillicidio acre d'ogni giorno, d'ogni ora, valgono a
spiegare, in questo naufrago eterno, il grandioso gesto di Bruto; valgono ad illuminare il
mistero che lo incoraggia e lo sostiene davanti al supremo olocausto di tutto sè stesso.

Ma Lui... questo uomo amante ed amato; questo padre sano e vigoroso; questo giovane
bello e sorridente, che avrebbe potuto inebriarsi tra gli abbaglianti vortici del piacere e
dell'oblio; che avrebbe potuto godere il tepore del suo nido solido e tranquillo, e guardare
noncurante la miseria delle folle, e irriderle nella supina rassegnazione di pavidi schiavi,
da dove attinge tanta sovrumana energia, e tanto fulgore di luce, che gli sostengono intatta
la saldezza del cuore?

Un altro... un altro, proprio in quei giorni aveva stupito il mondo intero col suo contegno
forte e fiero: un altro, fissi i grandi occhi verdemare alle stelle che si spegnevano in cielo,
aveva inceduto, sdegnoso e solenne, petto scoperto e fronte illuminata, verso la tragica
morte.

Sono le fiamme queste di un'Idea che ha radici nella terra; ma fronde che respirano
nell'immensità dell'azzurro.

Sono le occulte, indocili forze degli oppressi, dei respinti, degli abbandonati, dei delusi,
che di improvviso, quando più l'aria è grigia, ed imminente sembra la notte, saettano, il
soffocato dolore, in una freccia omicida.

Sono le primavere radiose che di tratto in tratto sbocciano da quel manipolo di anticipatori e di temerarii, accusati dagli idealisti della frode, del mercato, dell'usura, del truogolo nel battistero, di materialismo funesto alla elevazione dello spirito umano.

– Adesso comprendo... scomparve, e non mi disse neppure una parola di addio, mormorò qualcuno.

S'allontana lentamente davanti al suo sguardo l'enorme mole dei grattacieli a picco sulla baia sconfinata: i ricordi del passato si distaccano dalla riva e gli assediano lo spirito, mentre la statua della Libertà, menzogna vestita di luci, attenua sempre più il suo splendore fra le nebbie che s'avvallano sulle acque cupe.

Batte, contro i fianchi della nave, il desiderio oscuro e insidioso del mare.

Egli è solo tra quel fragore di acque e pulsazioni di eliche e immobilità di cielo.

Egli è solo, lontano da tutti: bruciato, consunto da un ostinato pensiero: chiuso come un sepolcro sopra il suo segreto.

Di sera, quando il mare sembra s'acquieti: di notte, quando ogni cosa si tinge del pallor della luna, egli risente fra le braccia la testa della donna sua: egli risente fra le sue, le manine dei figliuoli, alucce che fremono d'ogni stretta, d'ogni bacio, di ogni carezza; ma non vacilla, nè si turba la ferrea volontà che lo trasporta lontano.

Danzano, avvinte di palpiti e di desiderio, nel ventre della nave, le coppie flessuose ed eleganti tra uno sfarzo di nastri, di luci e di fiori, e un selvaggio frastuono di jazz; ma Egli, il bel giovane biondo che trascina con sè la profondità degli abissi, l'immensità dei deserti e il destino d'un popolo, non ha fremito, non ha sguardo per quel fugace rapimento di nervi e di sensi.

Così... così... nella stessa maniera – come in un giorno lontano il pallido tessitore di Prato – passerà Egli, muto ed assorto, tra il fascino, le bellezze, le lusinghe di Parigi, che voluttuosa ammaliatrice ridente, sfolgorerà, davanti a lui, i turbini dei suoi piaceri, i gorghi dei suoi folli ed obliosi miraggi.

Ad altri... ad altri quella vita fatua di avventure, di mollezze, di vizio; ad altri quella vita di bagordi, di sensualità, di frivole ed effimere ebrezze: per Lui... altra cosa è la vita per Lui.

È questo dramma appassionato, violento, che gli inietta nel sangue il martirio, la tortura, lo spasimo dei sepolti nel fondo delle galere; che gli configge nell'animo, chiodi roventi, i nomi, i volti, lo sguardo dei caduti, e lo arma, e lo avventa, da solo, contro il tiranno.

È questa procella incessante, infinita che lo scuote, lo afferra, lo trafigge, lo trasfigura, lo esalta, e lo strappa alfine dal rassegnato gregge umano, per scolpirlo nell'eternità del tempo e dell'amore.

Non è più un uomo Lui: è una figura di sole che avanza fra le tenebre.

Non è un morituro Lui: è il creatore dell'atteso domani.

Non è solo e abbandonato Lui: è l'annunciatore d'una tempesta che brontola, s'accalca, si addensa, s'allarga, e scroscerà in turbini di venti, in fracasso di onde, in clamori di tuoni, in barriti d'abissi.

Domani, allorquando tra centinaia di armati, volti di satrapi e cuori di iene, Egli avanzerà saldo e maestoso verso il supplizio, tutto questo oscuro, contrastante martirio d'un popolo, che s'era avvinto al suo cuore e l'aveva scarnato, così come lava bollente allorchè discende lungo i fianchi del monte; tutta questa violenta, oppressa passione di anime, su cui belve

umane, impastate di bava, di sangue e di fango, vògano e rèmano da anni, credendosi al
sicuro come sopra acqua inerte, convellerà in fulgida fiamma nell'ardore delle sue pupille
azzurre, eromperà nel grido della sua grande Idea: Viva l'Anarchia!

Lividi, tremanti allora, il volto e le labbra dei vivi: sereno, nell'estasi del sogno, il viso
del morto, mentre lentamente, fra la tristezza del giorno che sorge, il bel corpo trafitto si
trasforma e si dissolve in vapori sanguigni.

Vivere un'ora, un attimo solo, un palpito ardito,

Poi tuffarsi nell'onda dell'azzurro infinito.

Ecco la vera, intensa voluttà della mente,

Ecco il desio gagliardo di chi medita e sente.

* * *

L'un dopo l'altro erano arrivati tutti gli amici, ed avevano negli occhi le tracce del pianto.

– E adesso... ferito, incatenato; tra una ciurma di bordellieri briachi, come e quanto Egli
dovrà soffrire! È l'assillante pensiero di tutti.

Non una parola di viltà, di debolezza, di rinuncia: ma un sordo, cupo tormento, mentre la
carne gli duole; mentre la testa si spezza tra le bende insanguinate; mentre lo spirito si
arrovella tra le catene: un solo pensiero, un solo rimpianto: Non averlo potuto uccidere!

È l'eroe, Lui: l'eroe supremo della mente più tragica dell'arte greca.

Incatenato sulle alte montagne; sospeso fra cielo e terra; tra l'urlo dei venti ed il fracasso
delle folgori, non apre bocca per un accento di umiliazione e di affanno. Impassibile resta,
questo vinto sovrumano, fra l'angoscia, l'insulto e le torture, ad aspettare l'ora della morte,
che sarà quella della liberazione.

Passa, folgora e rivive, negli occhi dilatati dalla febbre e dal delirio, la mirabile e possente
visione.

"Ed ora giù tutte le forze nemiche: cadete su di me, fulmini dai solchi tortuosi e dalle
punte omicide: scatenate sopra di me la vostra rabbia, tuoni e venti furiosi: sradicate la
terra e confondetela con gli spaventosi turbini del mare, e col fuoco degli astri; precipita,
o Giove, il mio corpo trascinato da una violenza irresistibile e spietata, nel fondo del
baratro nero; Io sono, io sono oggi, Immortale".

FINE

69